城市责任

平江历史街区保护更新纪实

孙骏毅　著

江苏凤凰文艺出版社
JIANGSU PHOENIX LITERATURE AND
ART PUBLISHING

图书在版编目（CIP）数据

城市责任：平江历史街区保护更新纪实 / 孙骏毅著. ——
南京：江苏凤凰文艺出版社，2021.12
ISBN 978-7-5594-5358-7

Ⅰ.①城… Ⅱ.①孙… Ⅲ.①纪实文学 – 中国 – 当代
Ⅳ.① I25

中国版本图书馆 CIP 数据核字 (2021) 第 259506 号

城市责任：平江历史街区保护更新纪实

孙骏毅 著

策　　划	苏州市姑苏区文联	
责任编辑	姜业雨	
助理编辑	张　婷	
装帧设计	薛顾璨	
责任印制	刘　巍	
摄　　影	李希文	
出版发行	江苏凤凰文艺出版社	
	南京市中央路 165 号，邮编：210009	
网　　址	http://www.jswenyi.com	
印　　刷	苏州市越洋印刷有限公司	
开　　本	880 毫米 × 1230 毫米 1/32	
印　　张	7.5	
字　　数	130 千字	
版　　次	2021 年 12 月第 1 版	
印　　次	2021 年 12 月第 1 次印刷	
书　　号	ISBN 978-7-5594-5358-7	
定　　价	68.00 元	

江苏凤凰文艺版图书凡印刷、装订错误，可向出版社调换，联系电话 025 – 83280257

序言

平江老街最苏州

陈亮

人生总是难以圆满的，总要留下诸多遗憾。于是人们就会用追忆来抚舔伤痕，试图用追忆填平"时间、消逝和记忆的鸿沟""填补围绕在残存碎片四周的空白"。一个城市的记忆同样如此，对往事的回想，经历了时间的积淀和心灵的净化，实质上构成了对往事的超越。一片老街区，就是一座城市历史的缩影，无论往事多么不堪，或者多么辉煌，都能让后人在追忆中缥缈恍惚、感怀陶醉。由苏州市姑苏区策划的长篇报告文学《城市责任》洋洋洒洒十余万字，使得我们在对南宋碑刻《平江图》和数千年苏州老街区的辉煌追忆中获得生命的重温和超越。这是《城市责任》最大的艺术魅力，也将是让广大读者对千年古城苏州认识回味而难以释怀的重要原因。

"上善若水，水善利万物而不争。"苏州是典型的江南水城，江南水城，顾名思义，离不开的还是水，水就是城市的灵魂。最能代表苏州的平江老街，其"平江"二字最早要从北宋开宝八年（975）说起，这是因为"苏州地势低下，与江水平，故曰平江，故曰泽国"。清代编修《苏州府志·水利》沿用此说，认为"苏州的城基与三江的水平面持平，因名平江"。纵横交错的江南水系孕育了也成就了平江老街，数千年来，平江老街生息繁衍，在漫长的岁月里形成了自己的风骨，小桥流水的枕河人家白墙黑瓦、飞檐画栋，庭院深深。一代代居民在这里慢慢形成了"翠袖三千楼上下，黄金十万水西东"的繁华与富裕苏州。

正是因为这样的文化积淀，才会在苏州古城里出现骨子里印着姑苏古城文化底蕴、透着江南才子精神气质的《浮生六记》；才会有"姑苏城外寒山寺，夜半钟声到客船"的千古绝唱；才会有潘达于全家将生死置之度外，保护祖国历史名器周代盂鼎、克鼎的英雄壮举。

徜徉在平江古老街区的幽深小径里，满眼所及都是时光的痕迹，用心触摸那些岁月的包浆，内心油然生出敬畏之情。历史文化是城市的灵魂，也是城市的根脉，平江老街区这份独特的历史文化遗产，如何保护和传承，在文明传承、文化延续中让苏州这座千年古城留下独特的记忆，让苏州的百姓记住乡愁，这是一个多么宏大又有意义的课题啊。

所幸的是苏州市姑苏区独具慧眼，组织专家多方调研，以独特的视角将平江老街区这最苏州、真苏州的物质文化存在从其历史文化的赓续到老街区在新时代的整治出新，做出了全面细致的思考和再现，不仅生动展示了千百年来历朝历代直至今天的城市管理者对街区保护的恪尽职守，也写出了老街原住民、商户、游客等各类群体共同担负起的保护责任。《城市责任》这部长篇报告文学数易其稿，即将与全国广大读者见面，它必将为平江老街区的保护和繁荣发展起到不可估量的巨大促进作用。

目录

一　遇见平江路　001

二　运河上漂来全晋会馆　014

三　耦园的前世今生　029

四　富潘、贵潘与两只鼎　047

五　状元街是「读」出来的　062

六　济世有良药　079

七　风景这边独好　089

八　留住市井烟火气　113

九　「腾笼换鸟」的眼光　132

十　梦想改造家　163

十一　把钱扔在水里　174

十二　市集与缤纷业态　191

尾声　老街构思　219

《平江图》碑（宋绍定二年）

一 遇见平江路

右边是街，左边是河。

街的右边是门面相挨的大大小小的商铺，吃的、穿的、用的、看的、听的、住的、玩的、藏的，这里几乎都有。前店后院、楼下铺面楼上住家的老铺格局，也还保留着上世纪的痕迹。一入秋季，沿街的食铺里飘溢出浓浓的桂花糖粥或糖炒栗子的诱人香味，隔开两三间门面都能闻到。

街的左边隔着一条不宽的河，河岸上紧挤着黑瓦灰墙的老宅，老宅人家的河埠头摆出一只高靠背竹凳，坐着悠悠然喝茶的原住民。竹凳背后有一只小茶几，茶几上面搁了一只米灰色小收音机，正在重播长篇苏州评弹《杨乃武与小白菜》。

烟雨千年，沧海桑田，百姓的生活就如平江河水一样悄然流淌，一天又一天，一年又一年，不紧不慢，不慌不忙，哪怕驳岸上的条石已经开裂，开裂处冒出几茎小草；哪怕沿河人家山墙上的墙灰已经剥落，剥落的墙皮挂出一幅幅光怪陆离的抽象画。

不变的依然是原住民的市井烟火气，不变的依然是慢节奏的生活方式。

最美的遇见是平江，枕河人家想方设法显美，还特地制作一块"遇见平江路"的牌子挂在河对岸苔色斑驳的山墙上，好像是景阳冈下的酒铺挂出"三碗不过冈"的酒帘，虽然语意直露，却也一目了然。街区里质朴而随意的本色生活，老百姓在过去很多年都是这样过来的。它简单而不事张扬，朴素而拒绝奢华，任何人生活其间都是故事，任何人也都是故事中的人。

根据《苏州市志》，从北宋开宝八年（975）起，改中吴军为"平江军"，苏州城始称"平江"，这是因为"苏州地势低下，与江水平，故曰平江，故曰泽国"。清代编修《苏州府志·水利》沿用此说，证实"平江"一词的由来，乃是"苏州的城基与三江（松江、上江、下江）的水平面持平，因名平江"。

江南水城，离不开的还是水，水是城市的灵魂，水润湿了平江街区名。

中国大规模的城市化建设大约是从唐末宋初开始，街区因此得以快速扩展。那时的中国十万户以上的城市由唐代的

15个猛增到46个，苏州城是名列前茅的。城内城外纵横交错的水系密集如蛛网，富庶安逸的城市生活使百姓消费意识日趋强烈，极大地刺激了街区内商业、手工业、作坊加工业、博彩娱乐业等第三产业的繁荣发展。

宋朝比唐朝更开放，不再实行宵禁，而是敞开"夜市经济"。拓展后的平江城区夜夜灯火通明，地摊经济兴盛，叫卖声通宵达旦，乃至有"人稠过扬府，坊闹半长安"的美誉，直接带火了这一条与古城同名的老街及周边街区。南宋龚明之在《中吴纪闻》中称赞平江街市，"风物雄丽，为东南之冠"。

南宋建炎四年（1130），内忧外患，风云突变，10万金兵铁骑席卷而来，于农历二月二十五日正午时，呼叫着从盘门入城，纵火焚烧全城5日，士民死伤者近50万。平江古城遭到极大破坏，连娄门、相门、葑门城墙都被炸出几个大窟窿。（宋李心传《建炎以来系年要录卷三十一》）

战后的城池屡经修复，才留下了一个至今大致未变的街区轮廓。在平江路南的碑亭里，有一幅砖雕《平江图》（原碑为青石底子，现藏于苏州碑刻博物馆），绘制于南宋绍定二年（1229），离金兵屠城近一个世纪。时任平江郡守的李寿朋忆及金兵毁城的惨状，一心想着要将街区内的城河街巷、楼堂馆所等分布状况精细绘制出来，并嘱匠师吕挺、张允成、张允迪将其镌刻在青石碑上。平江图碑高2.84米、宽1.45米，为单线阴刻，上、下、左、右标出方位，图示桥梁

平江路南入口（干将路）

314座、道观67座、佛塔9座，官署、军营、城墙、坊表、茶场、盐仓、酒库、米行、绣坊、书院、楼台、亭馆、园林、商铺、寺庙等610处。可以明显看出南宋好多人家的宅院都建在河之畔，前门是街，后门是河；店铺则突破了时空束缚，从封闭走向开放，形象而准确地反映了南宋时期平江城的基本概貌，显示出十分典型的水城特征。

　　这位颇有作为的地方官在快要离任时，竭尽全力做了一件大好事，为这座城池留下一张绘制精确的地图。测绘地形的是几位善察风水的先生（相当于现在的地理勘测员），用测量工具踏访丈量平江城内所有的街巷、河道、场院、府邸、人家，又用一年时间绘制了《平江图》。这位地方官对图形绘制要求极为严谨，他不止一次按比例校图，发现误差，即刻嘱人修改。他数次亲临刻图碑的现场，再三强调："天地经纬，切不可有丝毫差错。若再有乱世灭我平江，此碑可供后人重建。"

这大约是一位目光长远的古代清廉官员在风雨飘摇时代所承担的城市责任。

触摸耸立在平江路南碑亭里的满是岁月皱纹的砖刻《平江图》，依稀可见这一条老街的南北走向和周边街巷的纵横布局，虽历经千百载的沧桑烟雨，至今也没有太多的走样。街区依然保持了自唐宋以来水陆结合、河街并行的双棋盘建筑格局。

《平江图》上所展示的道路和建筑布局既代表了我国古代城市的规划理念，也反映了江南水网城市规划的独特手法和成就，堪称是我国古代城市规划的标本性杰作。著名地理学家陈正祥在《中国地图学史》中称，《平江图》是我国现存最古老、最完整的都市地图。可以毫不夸张地说，这是中国城市地图的祖本。

中唐时的姑苏"诗刺史"白居易曾经登上某一座城楼，看到"远近高低寺间出，东西南北桥相望。水道脉分棹鳞次，里间棋布城册方"的情状，不由得欣喜不已诗兴大发，想必诗人心里一定有某个街区"古宫闲地少""人家尽枕河"的密集布局，与400年后的《平江图》中所绘制的街区景貌是极为吻合的。

岁月是一位严谨的雕塑家，它精心雕塑了平江街区的历史脉络和质朴本色。质朴的街区是最宜居的生活场所。

中国最早提出"街区"这一地理概念大约始于1982年，它指的是能整体反映历史某一片段，保存了真实的历史信息，能够完整体现同一地区多条街巷的传统风貌和民俗特色，其构成元素包括建筑、道路、河流、园林、小品构件等，形成一个整体的、动态发展的、有别于行政区划的地域概念、文化概念和生活概念。

道路线型有曲有直、有宽有窄，形成曲直和收放对比的空间状态。

街区内的水系自西趋东或自北向南，纵横交叉在街巷之间。它的变迁大致经历了三个阶段，即宋元时相对封闭的内河自流阶段、明代的内外河相连阶段、清代外河主导内流阶段。现在街区外围有河道三条，一横二直；内河有六条，南北向两条，东西向四条。说街区是漂在水上的老街，一点儿也不夸张。河道是一个城市生态综合体，其水质、流速、水中生物、局部气候、水面交通、驳岸河埠、沿河建筑，都对街区生态环境起着潜移默化的作用。

水多，桥就多。桥无水不秀，水无桥不丽。街区内尚余老桥17座，其中的唐家桥、众安桥、胡厢使桥、通利桥、朱马交桥，在南宋绘制的《平江图》上也能找到；还有建于明代的通济桥、潘家桥等。这些古桥从材质、结构、形态等方面可以区分。材质有木桥和石桥之分，结构有梁桥和拱桥之别，形态有叠梁拱桥和廊桥之异。

绿浪东西南北水，红栏三百九十桥。涂上红漆的桥栏，是唐宋时桥梁的标志。《平江图》上标示有359座桥梁。每一座桥的背后都有一个生动的故事。如位于肖家巷东端的雪糕桥，说的是张家孝子因家贫断粮，无奈捧雪为糕侍奉娘亲，一时传为美谈。此桥曾于清乾隆、光绪年间重修，桥面以五条花岗石梁组成排柱，青石与花岗石混合桥面。桥面上原先建有一座观音堂，半个世纪前拆去；胡厢使桥（后人又称胡相思桥），是街区内唯一保存至今的石拱桥，也是姑苏城内七座古石拱桥之一，桥堍有水埠踏步、条石栏板，桥面中心石板上有浮雕轮回纹；朱马交桥说的是南宋重马政、设菱草局、立栈储草的习俗，这中间还有在临安风波亭遇害的岳飞途经此桥思念忠臣的传说；众安桥为北宋遗物，其桥位、桥名与《平江图》一致。此桥原为单孔石拱桥，清代重修，后又将石板平桥拓宽，与小新桥呈掎角之势，有"三步两桥"之美誉。

街区内古井之多，若溯源则以平江路为最。据《吴门表隐》载，平江路古名"十泉里"，有名声显赫的古井十口，如平江路上的华阳泉、万斛泉，丁香巷里的如意泉、大柳枝

平江河

巷河边乾隆时开掘的石官井、仓街"留韵义井"的双眼井、顾家花园里的青石井等。街区内的老井数量曾经多得惊人，至1949初有上千口井。这些井大都掩映在百姓人家的庭院里。水井有单眼、双眼、多眼之分，井圈造型则有四方形、六角形、八边形、圆筒形、盂形、石柱围合形之别。到了20世纪80年代，市文管会对古城区进行水井统计登记，平江街区内数量尚在百口以上。这些井井水清澈、冬暖夏凉，是古城最生动的明亮眼睛。

据史料称，清代道光年间，在箂葭巷里创设过一个民

胡厢使桥

仓街福寿泉

办慈善机构周急局，经办的善举之一就是开凿公用水井。至
光绪十四年（1888），先后在街区内开凿12口公井，井栏均
采用黄石圆筒状，高约54厘米，上小下大，外部轮廓呈凹曲
线。如仓街上就有该时期开凿的"元邑新井"两口。街区内
的老井是一道清澈的风景线，可它们的处境有点儿不妙。这
些古井大多不见了，或者井水枯竭，填土掩埋。经过近几年
的重新挖掘清淤，仅钮家巷社区就有24口老井重见天日，原
先已经混浊的井水也开始变得清澈了。

　　街区内留有几座石牌坊，如位于胡厢使巷沿河的陶高

氏节孝坊，立于清咸丰年间；位于小柳枝巷的方氏贞节坊和平江路上的汪氏功德坊也都立于清代。明清两代喜欢册立石牌坊来表彰民间的贞妇孝子，文字是光鲜的，石柱却是冰冷的。坊还在，人去了，石牌坊后面的老屋里留下的往往是节妇贞女们哭泣的眼神。每年春暖花开时节，石牌坊下的草丛里冒出新嫩的草芽，早归的泥燕飞来筑巢，叽叽喳喳的叫声是想叫醒那几块冰冷的石头？

街区内的常绿乔木有白皮松、罗汉松、五针松、桧柏等；落叶乔木有银杏、梧桐、枫杨、榆槐、香樟、瓜子黄杨等；四季花卉有桂、梅、桃、菊、兰、石榴、山茶、玉兰、含笑、月季、海棠、紫薇、牡丹、杜鹃、丁香、木香等。

街区内拥有世界文化遗产耦园一处、全国重点文物保护单位三处（耦园、全晋会馆、卫道观前潘宅）、省级文物保护单位两处（南显子巷惠荫园、钮家巷潘宅）、市级文物保护单位十二处，涉及历史建筑16.7万平方米。还有不少名人旧居，也值得后来者去踏访，如南石子街上的潘祖荫故居、悬桥巷里的洪钧故居、顾颉刚故居、肖家巷里的艾步蟾故居、大新桥巷里的郭绍虞故居、胡厢使巷里的唐纳故居等。

东晋时潘儒巷中有辟园，为许多名家所赏识，认为是苏州最著名的"第宅园林"。南宋诗人范成大将它誉为"池馆林泉之胜，号吴中第一"。可惜的是辟园已经荒废，所剩的断墙残壁早已不足以证明此地曾经辉煌过。

泯灭的第宅园林不止这一处，还有钮家巷里的凤池园，据说园名源于公元前827年—前782年，时有凤集其园，中有水池，故名"凤池"。清康熙时的秀才顾章27岁时考中进士，历任礼部右侍郎、河南巡抚等职，后告老还乡，买下这一处老宅，经翻修后冠名"凤池园"，将其诗文集题为《凤池园集》。到乾隆时，凤池园卖给了唐氏，唐氏又将其一分为三出售，西部园舍归于状元潘世恩名下。中部属王宅，被废，残剩水池假山。

北显子巷内的归氏园为明代太学归湛所创，堂名"米丈"，园内栽有江南稀有的数种山茶，洞石玲珑，花树掩映。后数易其主，更名"洽隐山房"，庚申年（1860）因失火，园子荒废，仅存残沼一洼，石壁半堵。《吴门表隐》载："洽隐园在北显子巷，多美石，有小林屋，石洞幽深。"这是一处始建于明代中期的古典园林建筑，园中"小林屋"设计巧妙，精致玲珑。山体有两个洞窟，东水西旱，是全园精华。小林屋洞原是明代画家、叠山大师周秉忠的经典之作。周公精绘事、善仿古，匠心独运，出人意表，是当时造园的一流设计师。后代文人韩是升在《小林屋记》中称："洞故仿包山林屋，石床神钲、玉柱金庭，无不毕具。历二百年，苔藓若封，烟云自吐。"小林屋的假山玲珑剔透，四面临水，有桥导入洞内，洞有三处入口，沿洞内石级盘旋而上，可达洞顶上的亭阁、廊楼。洞中钟乳石倒悬，形态奇异。洞底有水池一湾，原由地下一旱洞直通外河道，此地下湖石假山的洞窟在国内都是罕见的。

二 运河上漂来全晋会馆

苏州城西北七里山塘的半塘桥畔，曾经有个"全晋会馆"，那是清乾隆三十年（1765）的旧址：三间老屋夹一条狭长而潮湿的备弄，老屋走步并不宽敞，客厅不大却黑咕隆咚的，窄小的黑漆门和低矮的窗户，老屋后边的园子里长满杂草，总给人一种局促感和压迫感。到了咸丰十年（1860），山塘街上的全晋会馆忽然毁于太平军攻城的兵火，大火整整烧了两天两夜，火光映红半边天空，成片的老屋墙倒屋坍变成一堆焦土。

然而，在苏州的晋商数量颇为可观，一个像模像样的会馆，既能凝聚浓得化不开的乡情，又是客商往来的温馨驿站，同时也是洽谈生意的最佳场所。据《清高宗实录》记载："吴越州郡，察其市肆贸迁者，多系晋省人。"在苏州从事茶叶、生丝、绸缎、服饰、票号生意的山西人就有582人。大量的山西商人来苏后，不仅遇到了人生地不熟、语言交流困难、餐饮住宿等实际问题，而且商业竞争日益加剧也促使晋商们要抱团生存，同乡会馆就是一种极佳的联络方式。

其时，中张家巷恰有一处旧宅出售，颇合建造新会馆的需要：第一，那里邻近护城河水道，北上可走娄江水路入长江水道，南下可走运河去杭州或溯水北上山东、河北；第二，那里地势空旷，可盖码头仓库，地皮是现成的；第三，这里是古城苏州的核心区，江南诸郡往来密切，钱庄经营便利，其他生意也容易铺开。

在苏经商的山西同乡们都没有受到山塘街会馆被烧的打击，都摩拳擦掌想要重整旗鼓。这种乐观进取精神在晋商中颇有代表性，比如有名的山西平阳府商人席铭(1481—1542)，"初时学举子业不成，又不喜农耕，曰：丈夫苟不能立功名世，仰岂为汗粒之偶，不能树基业于家哉！于是历吴越、游楚魏、泛江湖，撒迁居积，起家巨万金，而蒲大家必曰南席云"（《晋商纪事》），南下经商，终成一代大贾。清代文人纪晓岚盛赞："山西人多商于外，十余岁辄从人学贸易，俟蓄积有资，始归纳妇。"这就是说，事业不成，甚至连老婆也不娶。晋商在明清商界驰骋长达五个多世纪，足迹遍及江南诸州。他们经营项目广泛，尤以金融业名震海内外，几乎垄断了全国的金融汇兑业务。晋商的命运始终与票号相关联。当时新建全晋会馆的资金，大多来自票号的商人。日升昌票号是我国第一家专营银两汇兑、存放款的私人金融机构，创立于道光三年（1823），总号设在山西平遥，在全国各大城市、商埠开设分号47处，有"汇通天下"之称。据《苏州地方志·金融卷》记载，当时晋商在苏州所设票号达18家之多。而全晋会馆的建造也主要由山西汇票、办货、印账三帮集资。

光绪五年（1879）春上，会馆开始动工，夯下了第一块基石。这块奠基石颇有讲究，是日升昌票号的东家特地雇人从西山岛上采买来的太湖石。《明一统志》记载："苏州府洞庭山在府城西一百三十里太湖中，出太湖石。以水中为贵。形嵌空，性湿润，扣之铿然。在山上者枯而不润。"此石足有2000斤，天青色的石面被水冲击得光滑无比，上面则请当地石匠凿下了一个大大的篆字"晋"，由12人用碗粗的杠棒抬来埋于地基下。

奠基石埋下后，就宣告新会馆开工，晋商们这才放宽心了，结伴坐马车或二抬布轿去松鹤楼聚餐。几杯酒下肚，三三两两猜拳喝令，有人还哼起了山西梆子（晋剧）以解乡愁。你摇头晃脑吼几声，满楼回响，"打开玉笼飞彩凤，扭断金锁走蛟龙"（《义仆忠魂》）；我故意扭扭捏捏唱一段《杀惜》，牵肠挂肚，"惜娇我心中只把张三盼，看见那黑宋江就讨嫌，怎奈是母亲苦苦相劝，无奈何我假意上前把礼见"。

城市责任

016

中张家巷街景

唱者拿腔拿调，众人击掌叫好，端起酒盅，满饮一杯。

那天的夜宴可以说是全晋会馆隆重的奠基礼。

新建的会馆傍着中张家河，河道东连护城河，沿城墙南下数里便是大运河。这条河是晋商的生命线，南来北往的货物都从运河上走。所以，数月后的一天夜里，一众晋商备好香烛、荷花灯、全只猪头、十条鱼以及满满一缸山西汾酒，嘱人搬到河边，按乡俗祭拜河神。

山西人祭拜的河神是黄河之神伏羲，今天则是运河之神，祭文大同小异：

河神在上，天降吉祥。财源广开，聚商所望。

政通人和，百姓安康。敬拜河神，祈福家乡。

盛世姑苏，赐福绵长。河神降恩，会馆兴旺。

拜于尊前，至诚至上。大典礼毕，伏惟尚飨！

　　会馆要从运河上漂来，从香山匠人中挑选出来的土木师傅设计要建一座楠木厅，还有戏台、包厢，用料既有大料，也有小料，都要从运河上船载或放排过来。苏南运河段放排自清雍正二年（1724）起就属于"漕帮"专营，他们有大型海船（苏州人称为"强盗船"），也有中小型木船；有熟练的放排工，也有长得五大三粗的督运保镖。会馆的木料包给"漕帮"运输，运价虽然不低，但买个一路放心。毕竟是众人筹款，备料阶段不能有丝毫差错。所以，打听到木排一进运河，早就有晋商专人等候在富春江边，临行前托人去长洲县开了一张通关文牒揣在身上，登上木排一路督运回苏州。事实证明，幸亏有这张官府通关文牒，不然木排就被湖州府扣押了。

　　放排是个辛苦活儿。木排上搭一个窝棚，人就像狗一样猫在窝棚里，吃的是干粮，睡的是柴铺，逢到上水河段还要上岸拉纤。放排一趟下来，木排上的七八个小伙子个个累得像猢狲，弓背曲腰，满脸晒得乌黑。

　　木排从富春江折入运河后，水势明显平缓了许多，而且顺风顺水，小伙子们都坐在木排上看野景、扯闲篇。会馆来人则坐在木排上搭建的毛竹窝棚里，心思笃定地抽起旱烟来。因为运河放排，不出五天就可以到达苏州相门码头了。

木排经过湖州卡口时，被湖州府派来的官兵船只拦下了，厉声喝道："停下！停下！"

两个官兵跳上木排，实施例行检查。自从道光十九年（1839），朝廷派钦差大臣林则徐赶赴广东虎门销毁鸦片后，朝廷严令各关卡盘查禁品鸦片。这一查，还真在木排上查出了猫儿腻，原来有人夹带了一小包烟土，声称是给亲戚带的，就藏在窝棚的米缸里。

官兵立刻扣下全部木排，拴在河边，一行人被带往湖州府衙。

会馆的督运人叫苦不迭，这时只能出面苦苦哀求湖州府放行，说明这批木料是用于建造全晋会馆的，这里有长洲县的通关文牒为证。

湖州府验过通关文牒，看看烟土的数量很少，就罚了20两银子，最后给木排松缆了。

吃了这一次惊吓，小伙子们都跳上岸去奋力拉纤，想着能早一天赶到家里。

运河浩荡南下，木排逆水而上。就这样，提前半天到达相门城墙下。

木料、砖瓦料备齐了，会馆的土木工程就开工了。其间是停停建建、断断续续，到清末民初终于全部建成。全馆占地面积约6000平方米，坐北朝南，可分为中、东、西三路。

中路依次为头门、戏楼、正厅，是迎宾、祭祀、演戏、酬神的场所。

头门为单檐歇山式造型，门厅格局宏伟轩敞，是清代典型雕饰砖木结构建筑。面阔三间，进深五界，门厅两侧有东西吹鼓亭，相对耸立。每间设将军门一座，明间有两扇黑漆门扉绘有工笔重彩门神，置抱鼓石一对。脊柱前有海棠轩，后有鹤颈轩、梁轩饰戏文浮雕。头门左右为水磨青砖贴面八字墙，壁面各饰砖雕团龙环绕枝丫纹。墙下承青石须弥座，雕以"鹿鹤同春""狮子滚绣球"等图案。门前的弧形隔河照墙，嵌入砖刻"乾坤正气"四个大字。

戏楼为两层结构，底层为仪门及两廊，楼层由北伸出的戏台，三面临空，周围绕以雕栏，后台和左右各有五间厢楼，戏台为歇山筒瓦顶，飞檐双戗，额枋雕饰戏文、龙凤，正面悬垂木雕花篮、狮子各一对。戏台阔7.06米，深6.56米，高3米，通高约11.5米，金碧辉煌，绚丽多彩。戏台檐下有戏曲人物木雕，额书"普天同庆"，檐柱上有奇联一副"看我非我我看我我也非我 装谁像谁谁装谁谁就像谁"，道出了戏台上下与人生隐显的妙谛。由于采用木雕构件榫卯组成旋转放射纹饰，由324只黑蝙蝠、306朵金云头圆雕，相依相绕成18条长龙，向上盘旋汇聚到藻井顶端铜镜片上，将声音聚拢后再通过旁边千块凹凸不平、排列有序的底板组成的藻井壁把声音折射出来，所以具有聚音和扩音的效果，还有"天圆地方、静中蕴动、阴阳平衡、对立统一"的寓意，是江南现存古戏台中最为精美的一座。

会馆的东路有四进，面阔都是三间，依次为门屋、厅堂、前后楼，楼房之间以厢房贯通。西路则由门屋、桂花厅和楠木厅组成，两厅之间为庭园，点缀湖石、曲沼、花木。厅后别有一区，建有带两厢的楼房、书房、客房。

会馆成功体现了清代建筑的精华，是一处完整而典型的清式建筑群，且具有山西建筑特色。东西两路是晋商议事、寄宿、存货及管理用房。

墙檐抛枋上的四幅戏文砖雕寓含生动的故事：在《白娘子昆仑盗仙草》《崔莺莺月下焚夜香》两折戏中寓含的是一个"情"字；在《唐玄奘西天取佛经》《关云长千里走单骑》两折戏中寓含的是一个"义"字。情和义，正是会馆聚客的宗旨，也是晋商所竭力推崇的为人处世的价值观。

据说全晋会馆落成后，晋商特地从山西运来几十缸老陈醋，满满地灌在瓦缸里置于大门两侧，任由街坊邻居随便舀走，缸空后的第二天又会灌满。开业的半个多月里，这条街上飘散着浓浓的山西陈醋香。

会馆每遇皇帝诞辰、国家大庆、关公诞辰及忌日，都要举行隆重庆典或祭祀仪式，鸣钟击鼓，乡音绕梁，场面十分热闹。每当生意兴隆、财源广进时，也要举行庆典活动，包了戏班子来会馆唱戏。夜深人静时，你若站在会馆西侧的游廊楼上，凝神打量眼前的大戏台，偶尔还会在吱吱嘎嘎的地板声中听到咿咿呀呀吊嗓子的声音。那是过去的回声还是今人的幻想？总之，在会馆落成的很长一段时间里，门前喧闹车马稠，来来往往的晋商能把会馆挤得满满当当的。

关键在于从会馆前的河道向东出去是护城河，北上可达江海，南下直通大运河，会馆的东家沿河边盖起了几所大仓库。晋商的货船，特别是从娄江、吴淞江过来的货船，都可以在这里卸货、装货、存货。忙完后就到会馆喝汾酒、听晋戏、睡上一个囫囵觉。这样自在的日子，对于同乡人来说，会馆简直就是真正的"家"了。

会馆的后台是日升昌票号，其时气焰日盛。苏州分号依托会馆的凝聚力，更是不可一世。会馆有了支撑，也就迎来了鼎盛时期。但几十年后，辛亥革命来了。苏州是和平光复，不费一刀一枪，城头变幻大王旗，满清江苏巡抚程德全摇身一变改称都督，于1911年11月5日成立江苏都督府，还嘱下人用竹竿挑落几片抚衙大堂的檐瓦，就算表示革命了。这一场革命虽然静悄悄进行，但是全晋会馆并不太平。都督府好像是瞅准目标了，特地派人把光复后的六字《安民告示》贴到会馆大门上：

照得民军起义，同胞万众一心，所至秋毫无犯，莫不踊跃欢迎。

各省各城恢复，从未妨碍安宁，苏省通都大邑，东吴素著文名。

深虑大兵云集，居民不免震惊。今特恳切宣告，但令各界输诚。

愿我亲爱同胞，仍各安分营生，外人相处以礼，一团和气不侵。

旗满视同一体，抗拒反致死刑。共和政体成立，大家共享太平。

不出半月，会馆却不太平了。都督府遣军警数十人来查抄会馆，理由是有人举报会馆私藏枪支。其实，那时外出经商的商人，如票号钱庄，都会雇上一两个保镖防身，保镖们都备有枪支。都督府借此理由来查抄，目的是"敲竹杠"（苏州方言，敲诈勒索的意思）。最后，居然在会馆厅堂的抽屉隔层里真的抄出了一支生锈的英国造"洋枪"（事后才知道是出了家贼，他与东家有仇，去都督府报案后，根据人家的计谋，隔夜故意把枪支塞进去的）。会馆立刻被都督府贴上十字交叉的封条，东家被抓走关了三天，最后被罚500两银子才了结。

经过这一番折腾，会馆的人气逐渐冷了，前来看戏休闲、洽谈生意的晋商也少了很多。戏台有一阵不闻锣鼓响，廊柱上都结满了蛛网。大门开开关关，门前冷落车马稀，早已失去了昔日的喧闹。到了20世纪中叶，会馆因疏于管理，加上木结构建筑被白蚁蛀蚀，屋梁倾斜，墙皮脱落，园子里的杂草长得没膝高。很长一段时间，就留下两三个老人守住这几间破屋子。

到中华人民共和国成立时，会馆已经是一座被遗弃的破落宅院，戏台前长满荒草，廊柱摇摇欲坠，黄鼠狼在草丛里窜来窜去，没有一点人气。挨到1958年，会馆先后被用作化工塑料厂、眼镜厂、光学仪器厂、照相机厂的车间，一度还险些被拆除重建车间。后来迁厂办学，办过几年后就关门大吉了。东路及西北隅则由房管所接收后散为民居。

1976年1月，会馆大殿突遭一场大火被烧毁，庭柱烧成了焦炭，致使戏台濒临倒塌。

全晋会馆古戏台

1982年，苏州市政府拨款120万元对会馆进行全面体检和整修。

1984年6月，会馆内所有使用单位全部迁出，腾笼换鸟，对会馆中路、西路建筑进行全面大修，移建正殿，重建庭园，使会馆原貌基本恢复。

1986年10月，会馆作为苏州戏曲博物馆正式向公众免费开放。馆内辟有昆剧、评弹、苏剧、民族器乐等专题陈列，还有古戏台和清式茶园书场两处复原式陈列兼演出场所。

2003年11月，中国昆曲博物馆在全晋会馆挂牌成立。

2006年5月，全晋会馆被国务院列入第六批全国重点文物保护单位名录。

石碑就竖在门口，如驱邪恶保平安的门神挺身站立。

门神无言，建筑还在说话。

我们能听懂这一园一台、一亭一楼、一砖一瓦在说些什么吗？

著有《文化苦旅》《山河之书》的文化学者余秋雨数度徘徊在会馆的戏台下，仔细揣摩砖雕图案的美意，品味厅堂里的楹联的含意，他可能听懂了建筑语言，所以在《抱愧山西》一文中这样回应：

在苏州有一个规模不小的"中国戏曲博物馆"，我多次陪外国艺术家去参观，几乎每次都让客人们惊叹不已。尤其是那个精妙绝伦的戏台和演出场所，连贝聿铭这样的国际建筑大师都视为奇迹，但整个博物馆的原址却是"三晋会馆"（后改称"全晋会馆"），即山西人到苏州来做生意时的一个聚会场所。说起来苏州也算富庶繁华了，没想到山西人轻轻松松来盖了一个会所就把风光占尽。要找一个南方戏曲演出的最佳舞台作为文物永久保存，找来找去竟在人家山西人的一个临时俱乐部里找到了。

作家的眼光是犀利的，看到的不只是表象，而是潜藏在戏台背后的"敢为人先"的创新精神，有了这种精神，就敢于走出大山怀抱的山西而与富甲江南的苏州叫板。

同济大学的研究生贾蓉的老家是山西太谷，那里属晋东南富裕地区，但走出娘子关后，家乡与江南比较起来总还欠缺一点儿什么。她在学校里很少跟人说起自己的老家在山西，真有点儿"日暮乡关何处是，烟波江上使人愁"的味道。一个周末，她携同学来苏州游玩，走进了全晋会馆，这儿看看，那儿摸摸，她惊讶不已："哇，原来我们山西的老祖宗这么能干，能在苏州的核心区域里盖成这样高雅的会馆啊！"

回去后，她在网上留言道：

面对全晋会馆的大戏台，我简直有一种五体投地的崇拜，木雕、砖雕是那样精妙绝伦，廊柱、檐条是那样的精心雕凿，戏台、客厅是那样的精致华美，我敢说我们山西人的祖先绝对是经济"超人"。我没有理由自怨自艾。记住了全晋会馆，以后再有人问我："小姐是哪里人？"我要自豪地告诉她："我是山西人。"

一个会馆居然让一代大学生产生如此强烈的家乡认同感和自豪感，谁还敢说这样的文化效益是可以忽略的呢？

晋商留下了全晋会馆，幸遇美妙绝伦的苏昆剧拯救了濒临荒废的这座院落，正如戏曲博物馆原副馆长钱杏珍所说，抢救全晋会馆堪称是"惨淡经营，功德无量"。昆曲是汉民族传统戏曲中古老的剧种之一，是戏曲艺术中的阳春白雪，被称为百花园中的一朵兰花。昆曲发源于14世纪的苏州昆山，后经魏良辅等人的改良而走向全国，自明代中叶以来独领中国剧坛近300年。昆曲糅合了唱念做打、舞蹈及武术等，以曲词典雅、行腔婉转、表演细腻著称，是被誉为"百戏之祖"的南戏系统下之一的曲种。昆曲以鼓、板控制演唱节奏，以曲笛、三弦等为主要伴奏乐器，其唱念语音为"中州韵"。昆曲在2001年被联合国教科文组织列为"人类口述和非物质遗产代表作"。2006年被列入第一批国家级非物质文化遗产名录。平江人把昆曲引入全晋会馆，让古戏台变得名副其实，也引来了多方投资，对会馆全面"体检"，彻底修缮。

不少会馆的参观者纷纷留言，可以集中归纳为北京游客的留言："全晋会馆是山西人到苏州经商而创建另类城市责任的标本。同样，修缮后的全晋会馆是苏州人对晋商的回报。"

非物质文化遗产的昆曲与物质文化遗产的会馆绝妙组合，相得益彰，互映成辉，是城市责任有效担当的生动一例。

三 耦园的前世今生

耦园，又名"涉园"，三面环水，坐船可直通古运河。主人盘下这座废园时，设计建造了东西连廊小楼，一为"魁星阁"，一为"听橹楼"，就想着能在月高桂香之时，枕着远处的涛音，听一听船行橹声。此语典出宋陆游《发丈亭》"参差邻舫一时发，卧听满江柔橹声"。

耦园最早吸引沈秉成夫妇的目光是在游历苏城时。他俩听说原园主有意出让此园，三番五次赶来察看，都觉得这是安顿漂泊灵魂和夫妻情爱的最佳去处。

沈秉成（1822—1895），官至广西巡抚，移安徽巡抚，署两江总督。他一身正气，为官清廉，为人低调，常常带病务职。"海关任重，昕夕不遑，益之以咯血，故虽迭拜按察使之命，均谢不赴。"（《俞樾《安徽巡抚沈公墓志铭》）

据说他因查扣江浙私盐一案得罪了地方豪绅和官吏，于同治十一年（1872）被人莫名其妙参上一本，弹劾他贪赃枉法，后因查无实据，也就不了了之了。

沈秉成自此视仕途为危途，心灰意冷，找当地高僧卜了一卦，却并非上上签。他对高僧说自己早已厌倦官场，该去向何处？高僧给他写了八个字"急来闻道，禾边观鱼"，就微微一笑，再不多言。他回府后，对着这八个字百思不得其解，让夫人解析，也不得要领。一次，门外有人上门化斋，手下告知老爷，他走出庭院一看，化斋和尚眉目清朗、气宇不凡，遂请教先前所得那八个字的意思。和尚看后就在纸上涂了两个字，一个是"隐"（耳朵傍加一个"急"），一个是繁体字的"苏"（上为草字头，下左为鱼，右为禾），不复赘言，大笑而去。

沈秉成顿悟，遂萌生隐退归苏之意。"既自以心为形役，奚惆怅而独悲？悟已往之不谏，知来者之可追。实迷途其未远，觉今是而昨非。"（《归去来兮辞》）不必再犹豫，到了该告辞的时候了。同治十三年（1874），他再三上书称病告退，携夫人严永华远赴苏城定居。

严永华（1836—1890），字少蓝，浙江桐乡人，为沈的继室，赋诗、书画、闺房绣技三绝，著有《纫兰室诗钞》《鲽砚庐诗钞》等，为晚清一代才女。

沈秉成在京城为官时得到一块奇石，状如鱼形，故名"鲽石"。婚后，沈将其一剖为二，夫妻俩各执一半以证爱情之坚贞。他俩抵苏后立马去找涉园主人，购得这个废园。涉园地处小新桥巷深处，为清顺治年间保宁太守陆锦所筑，取陶渊明《归去来兮辞》中的"园日涉以成趣"之意而名。此后沈扩地营构，建成耦园。园子占地0.8公顷，建筑面积4496平方米，东临护城河，三面傍水，幽雅僻静。沈秉成非常开心，在《耦园落成纪事》诗中自述："奉命按察河南，旋调蜀皋，以病辞，侨寓吴门，葺城东旧圃，名曰耦园，落成纪事。"（《耦园落成纪事》）

涉园移手时，已是庭院荒废，唯见门前的水面上泊着一片莲荷。初夏时节，荷花刚绽开，粉的、黄的、白的，煞是好看，阵阵荷香随风飘来，特别让人心旷神怡。

沈秉成踏进荒园，满目是杂草丛生，苦笑道："涉园之荒，始料未及啊。"

严永华不以为然，笑道："临宅有如此一面荷塘，何荒之有？"

沈秉成点头称是，随之吟出一上联："卧石听涛满衫松色。"

严永华略作思考，随声附和一下联："开门看雨一片蕉声。"

夫妇俩你唱我和非常高兴，想这里正是一个隐身而退的好去处啊，从此可学东晋五柳先生归隐田园，与世无争，逍遥一生。《论语·微子》中有"耦而耕"的描述，"耦"的意思就是两人组合，说的是两个耦耕者为春秋隐

耦园小景

士，在乡间躬耕自乐。沈秉成取"耦耕"之意，将此园更名为"耦园"，并自题诗曰："何当偕隐凉山麓，握月担风好耦耕。"

夫人严永华遂唱和道："为问他年偕隐地，风光得似此间无？"

耦园各处亭台楼阁的题名无不显示园主"耦耕"之意：他俩并不羡慕"华堂锦幄"的奢华生活，甘于在"城曲草堂"过着清苦日子；不图尘世灯红酒绿的热闹，愿在"织帘老屋"里边纺织草帘边读书；不愿迎往送来地客套，更欣赏在"双照楼"上弹琴，在"听橹楼"上听护城河上的声声橹音，在"吾爱亭"上复诵陶渊明的"吾亦爱吾庐，既耕亦已种，时还读我书"的诗篇。

藕香深处有耦园，这是一片远离尘俗的净土。夫妇俩志于归隐，也就与市俗，尤其是官场几乎切割了，"逍遥于城市而外，仿佛乎山水之间"。读书、弈棋、弹琴、作诗，夫妻俩一唱一和，过得自在而得意。园中的城曲草堂，有一"补读楼"，相传"补读旧书楼"的题匾是时任江苏巡抚张之万手书。这里是沈家子女的课读场所。1939年，当代国学大师钱穆在此侍奉母亲，专心著述，完成《史记地名考》一书，其侄著名物理学家钱伟长也曾同住于此。

耦园整体建筑体现道家阴阳相融、天人合一的理念，宅园呈现青龙、白虎、朱雀、玄武的风水四象，住所居中，两园左右，南北通透，东西相连。其中东花园内有书房、轩东半亭、船厅、长廊、储香馆、城曲草堂、双照楼、安乐国、还砚斋、受月池、望月亭、吾爱亭、宛虹杠、山水间、连廊两小楼等；西花园则由织帘老屋、书房两小屋、书画斋等构成；中部住宅区有城东旧圃、轿厅、客厅、楼厅、门楼等。耦园占地约12亩，住宅居中，东西花园分列两边，北端背河而起一排楼房，借"走马楼"贯穿。这样一宅两园的布局，在苏州众多古典园林中独具特色。

沈秉成夫妇在园内偕隐了八年，伉俪情深，十分恩爱。想那初秋的傍晚，月朗星稀，蟋蟀低吟，夫妇俩就坐在这里闲谈赏月，享受着花前月下与世无争的恩爱生活。沈秉成有诗叹曰："不隐山林隐朝市，草堂开傍阖闾城。"妻子和诗曰："小歇才辞黄歇浦，得官不到锦官城。旧家亭馆花先发，清梦池塘草自生。"

道家主张清静无为，精神上获得绝对自由，不为名利所束缚，无欲无求，沈秉成崇尚道教，自题"还砚斋"，清代书法家刘墉为其题联："闲中觅伴书为上，身外无求睡最安。"妻子则用"纫兰室"名书房，诗集也以"纫兰"为名，取自屈原《离骚》的"纫秋兰以为佩"之意，表示人格高洁不俗。《易·系辞上》有"二人同心，其利断金；同心之言，其臭如兰"，意思是说两人同心协力，其香如兰，深厚悠远。她自题对联"幽兰霭空谷，曲涧响流泉"。邻近书房有一面池塘，池塘上有弯弯曲曲的小桥和一座琴房相连。据说也是当年女主人抚琴之地，熏香升腾，琴声悠扬，竟然引来一对喜鹊就在银杏树上结巢了，每天只要琴声一起，这对喜鹊就会飞回来，栖息在巢里，呱呱呱地叫唤。严永华作诗形容是，"鹊鸣更喜琴声雅，泉响独钟白云悠"。更奇妙的是，耦园里的房屋、漏窗、假山、亭台楼阁，似乎均是成对入双巧妙摆列，或许这种建筑对衬布局更合主人之意，可以说是把耦园的"耦"字体现得淋漓尽致。唯有夫唱妇随、心心相印，才有耦园之情趣。

问君何能尔？心远地自偏。耦园虽然地处城东，但毕竟是在平江历史街区内，算不得太偏远。不过园主"心远"志高，与尘俗自我割裂，地处也就偏僻了。夫妻俩虽然清高，但不是傲下而目空一切。当时苏州文坛上一些文化名士，如潘文勤、李眉生、顾子山等与耦园主人多有来往，就是左邻右舍中的读书人也能自由进出耦园。有一年中秋，正是莲荷盛开时，藕香扑面引客来。住在平江路的一些"文学青年"慕名前往耦园，与这一对诗人夫妻一起赏月，吟诗作对。朗月如银，洒满清辉，有清茶一杯，有明月朗照，此心足矣。严永华嘱家丁收拾出西花园一角，设茶水席以迎客。有一个姓李的青年苦于家贫未得仕途引荐，愤愤不平地吟出四句诗来："寒窗苦读成蹉跎，羞煞冷月胯下辱。他日若遂青云志，吴中文章天下读。"沈秉成听罢击节叫好，鼓励他勤学上进，不可灰心丧气。之后，他还写书举荐此青年进学入仕。

夫妻俩在耦园过得自由自在，春观蜂蝶戏花，夏听荷风荡漾，秋惜梧桐落叶，冬扫庭院残雪。在沈秉成知天命的年纪，他忽然被朝廷再三点名远涉为官，虽心有不舍，但君命难违，只能叹曰："应诏应征此渡河，十年偕隐笑蹉跎。"

光绪十六年（1890）十月严永华因病卒于安庆抚署。沈秉成悲痛欲绝，顿时心灰意冷，他根据夫人的遗愿，将其葬于浙江仁和县南山诸家滨的坡地上。过了五年，沈秉成也因肺痨医治无效，卒于耦园，后由其子沈瑞琳扶柩归葬仁和，了却这对恩爱夫妻合葬的夙愿。

相濡以沫、相敬如宾、相互欣赏的这一对耦园的主人终于远行了，亭台楼阁失去了清静的文化氛围，黄山石堆起的假山成为一堆没有灵性的石头，池水里漂满了枯枝败叶。失去了爱的诗和远方，兼之很长一段时间疏于管理，耦园的亭廊里积满灰尘和蛛网，墙根下荒草没膝，风来雨往摧倒了一角围墙，黑漆大门终日紧闭着。

爱可以使一座园子复活，同样，无爱也可以使一座园子再度荒废。

荒废后的园子少人打理，冷落过一阵后就散租为民居了。

耦园的租客之一是杨荫榆，此人生于无锡一户书香门第，是中国第一位女性大学校长。在1925年的学潮中，北京女师大学生自治会向杨荫榆递交了要她去职的宣言，并派代表前往教育部申诉她任校长以来的种种黑暗情况，请求教育部撤换校长。杨荫榆态度傲慢，宣布开除刘和珍、许广平等六名学生。女师大学生召开紧急大会决定驱逐杨荫榆，并出版《驱杨运动特刊》。上海五卅运动爆发，女师大学生组织"沪案后援会"，支持上海人民的反帝斗争。杨荫榆则率领军警入校，强迫学生搬出学校，引发坚守女师大的学生骨干刘和珍、许广平等13人被打伤的惨案。

鲁迅始终坚定地支持女师大学生反对杨荫榆的斗争。鲁迅先后写了《"碰壁"之后》《并非闲话》《我的"籍"与

"系"》《记念刘和珍君》等文章，尖锐批评杨荫榆在女师大推行的是"寡妇主义"教育以迫害学生。随后女师大学潮越来越高涨，杨荫榆不得不辞职回苏州，先后在东吴大学、苏州中学兼职讲授外语。1935年租住耦园创办二乐女子中学。

1937年，日军侵占苏州，杨荫榆目睹日军的种种暴行，数度到日军司令部提出抗议。在耦园的女子社学生开始排练反日活报剧《放下，罪恶的枪！》，杨荫榆在一旁指导排练，她希望能到平江路、观前街的热闹场地上去演出，以唤醒民众。

杨荫榆租住耦园正是其郁郁不得志的时候，耦园吹来的荷风不知可否平息其波澜壮阔的心思？但园中的一花一草、一景一物，还是给杨荫榆留下了极为深刻的印象。她在《耦园偶记》中写道："耦园，顾名思义，应该是属于两个人的。我是一个人租来办学的，虽然名曰'二乐'，其实是独乐乐的。我是快乐的，因为园中有很多的青蛙、很多的鸟儿、很多的虫子，它们都来陪伴我。有这样许多的小生命陪伴我，我还有什么不快乐呢？"

可惜好景不长，仅仅过了一年，杨荫榆就惨死在日本人的枪口下。

之后，有毕姓、陈姓、金姓等人家先后租住在园内。毕姓后代回忆起住在耦园里的那段日子，还是记忆犹新：

1939年以后，我家曾住耦园10多年。补读旧书楼匾额挂在中间一间，这一间，大小和楼下中间一间相当。那时候，这一间是我父亲的书房，1939年到1940年，父亲在此读书写作，这段历史，后来被写入他晚年所写《八十忆双亲》和《师友杂忆》二书中，并被后人多种书籍报刊文字引录或转述。有的书中说到这补读旧书楼，说清朝时候，是原园主课读子弟的场所（此说法或与补读旧书楼文意不合）。原名补读旧书楼，应是一个书斋的名称，或者指的就是一小间吧。当年，最西面一间是卧室，第二间是儿童室，我们三兄弟住。那年，我小学三年级，他们四年级二年级。中间就是父亲的书房。

那时候，苏州还算地广人稀，整个耦园东花园，就我们一家住。那时还有祖母、大伯母、堂姐妹等也曾住过多时，我们兄弟课余自习的地方则在东边的双照楼。祖母住楼下安乐国，大伯母等住楼下西边数起第二间，第一间则是父亲的会客室，后面有一小天井，种有一株山茶花。我们住这东花园，园内无其他住户，所有房屋多归我家使用保管，只有花园内东北角一座小楼空关，没有进去过。听说叫作"便静楼"。后来过了几年，耦园换了园主人，此楼有一位园主的亲戚入住隐居，我们也没有进去过。再往后，耦园作为公共园林开放，才上过这楼。一条楼梯上去，二楼有两小间（用楼廊连接）。这楼在园的东南角，东边就是内城河，南边隔开巷子也是东西向的小河，船只可以在此二河行驶，楼上可听橹声，故名"听橹楼"。

耦园西花园，也有楼称藏书楼，没有上去过，也不知道里面有没有匾额。在这藏书楼后面，有一小楼，不过虽在园内，不属于园景，过去是园主（房主）佣仆住房（旧称下房），自成一个小院，楼下三间，楼上四间，一个小天井。七间房后面，还有厨房等附房，其实很可以住一户人家的（抗日沦陷期间，我家大小七人就曾住此几年，搬进去时原住户已搬出，那厢房门上，有纸糊的一幅对联"浮生若梦谁非寄，到处能安即是家"）。 前面说到，我们从1939年入住耦园，东花园，后来因房产易主，老房客悉数搬出，我们家得到新房东允许，搬到西花园后面小院居住。东花园和耦园内其他住房，进了一些新房客，多是新房主家乡的亲戚，但是还是有不少空房的。

1940年，耦园为常州纺织实业家刘国钧（1887—1978）购得。那时耦园大半个园子已经废弃，由黄山石堆砌的假山已经倾塌，亭阁的楼窗早就破损，园子里长满杂草足可没膝，池塘里漂满了枯枝败叶。中华人民共和国成立后，刘国钧在江苏省政协会议上说："我那时买下耦园就是觉得这个园子闹中取静，很好，荒废了可以重修。耦园位置也很好，在城东，旁边有河直通运河、娄江，南来北往都很便当。"1954年8月，刘国钧的儿子刘汉良提出要居住在耦园，父亲不同意，让他住到亲戚家去："耦园和其他花园，连同168间房子和40多亩土地，我全部捐给了国家。"儿子很惊讶，问父亲："您怎么把上海、常州、苏州的房子都送给国家了？"刘国钧的夫人鞠秀英笑着对儿子说："你父亲视工厂为他的命，命都可以不要了，还会舍不下这些房子、这个耦园?"儿子还是不解:"那些房子、园子,按共产党的政策是可以留下来的嘛。"母亲笑笑说:"人家共产党也跟你父亲谈过,也要他留一点儿,可你父亲坚决不肯,坚持要全部送给国家。"

在苏州工商档案馆中存有公私合营振亚丝织厂《为常州刘国钧赠送房地产一所、耦园一处的报告》,大致内容为:

常州大成厂资本家刘国钧将坐落本市仓街小新桥巷五、六、十号房地产,以赠送给本厂资方陶叔南的名义再投转本企业作为企业财产中的公绩,现已得协议并进行了清点,投转手续计占地十二亩六分九厘二毫三丝,有照壁两座,占地一厘七毫六丝地,有厅堂楼阁以及假山树木亭榭池沼共计一百六十六间房屋。

1955年6月,苏州工商联成立,陶叔南任第一届主任委员。10月振亚绸厂改名"公私合营振亚丝织厂",陶叔南任经理。同年,省工商联副主任刘国钧经苏州工商联主任陶叔南将耦园捐赠给苏州市人民政府。

(原载《振亚丝织厂厂志》)

1956年,耦园划归振亚丝织厂管理,做过仓库、宿舍、托儿所。年已八旬的曹阿姨年轻时做过厂托儿所保育员,对耦园最深的印象就是"真格安静"。她笑着回忆说,大热天,外面热得要死,园子里一点儿也不热。还有阵阵凉风吹过来，能闻得见荷花香。那时候，沿河种了不少莲荷，每年夏天，半条河都开满荷花，后来这些荷花不晓得为啥被铲掉了。我白天当班，把小朋友哄睡后，就拿了一本从厂图书室借来的书，记得好像是《子夜》，坐在纱窗口读书。那真是安静啊，连树林里的知了好像都停歇了。窗外的蕉叶在风中轻轻摇摆，沙沙沙的好像在说话。在那样安静的园子里看书，心也特别安静。小朋友睡醒后，我就带他们到园子里去做游戏。有一件事我记得特别牢，那天傍晚，有几个小朋友的家长还没来，我让他们在园子里等。过了一会儿，我看见小朋友围拢一堆在看啥东西。我走过去一看，可把我吓坏了，原来地上爬着一条大"百脚"（蜈蚣），有半尺长，脚须在晃动。我让小朋友赶紧跑一边去。我从地上捡起一根树棍，用劲一拨，把"百脚"拨到草丛里去了。那是耦园里的小动物，不可以伤害的，那时我就是这样想的。

人静心静，耦园就静。

1960年、1980年，政府两度拨款，先后对耦园进行大修。这可以看作平江街区保护改造工程的实验。园林修建队是1963年迁入耦园，担负修缮任务。技工王师傅当时正年轻力壮，每天带头泡在园子里，搬个脚手梯爬高攀下，人是很辛苦的，但看到近乎荒废的耦园一点儿一点儿恢复原貌，修建队工人们心里有说不出的高兴。王师傅开玩笑说，当时修筑一个厅堂，就有点儿小私心，想着扳开某块木块，在上面刻上自己的名字，然后再钉回去，自己的名字就可以与耦园

一起长命百岁了。玩笑归玩笑，正经干活儿时是一点儿也不可以"拆烂糊"的。一次，有个徒工在换屋顶椽子时，第三根椽子摆得有点儿歪，从底下看是看不出间距稍窄一点儿。王师傅的祖先是"香山帮"工匠，去京城做过紫禁城的建筑活，自己也是钻研古建技术的，一双眼睛看做工的粗细是很凶的。他一眼就看出来第三根椽子与第四根之间的间距摆得不对，马上把徒工找来，指着那根椽子说："摆歪了，重做！"

徒工仰脸看看，不屑地说："我量过了，也就相差个把公分，谁能看得出来。"

"我看出来了。"王师傅摇摇手，固执地说，"一定要返工！"

徒工哭丧着脸，求王师傅："一返工就要白做两天了，我下不为例好不好？"

王师傅不依不饶："不行就是不行，你不返工，我找其他人来返工，扣你两天工钿。"

徒工没办法，只能爬上梯子去拆卸那根摆歪了的椽子，重新量过尺寸摆放。

王师傅在班组会上还以事论理："耦园修缮质量，在我们手里把握着。我们要对历史负责、对后代负责。拆烂糊的做法，在我这里是无论如何通不过的！"

耦园的修缮，正是因为有严格精细的工匠精神顶着，所以两次大修都达到了预期目的。之后的耦园数度变迁，从这张简单的履历中可见一斑：

1960年，耦园告别企业划归苏州市园林管理处。管理处当年就挤出资金6万元予以整修。

1963年，耦园被列为苏州市文物保护单位。

1967年—1979年，耦园被关闭。

1980年，市政府拨款10万元，对耦园再度大修并重新开放。

1986年—1989年，西花园逐步整修后开放。东花园增添匾额7块、抱对1副，还砚斋新增银杏木回纹落地罩1件、落地长窗6扇及若干件红木家具。

1990年，设立"耦园沈氏文物陈列室"。

1993年，市政府再度拨款680万元全面整修中部住宅和西花园，迁出全部住户，竣工后与东花园一并开放。

2000年11月，耦园作为苏州古典园林的扩展项目被联合国教科文组织世界遗产委员会列入世界遗产名录。

2001年6月，耦园被列为全国重点文物保护单位。

环水的橹声已远去，耦园的雅趣却还在。

苏州市政府特地撰写"耦园重修记"，刻碑记铭：

耦园系苏州名园之一，清初原为涉园，又称小郁林。同光年间沈秉成改筑。中构住宅，两侧辟园，题名耦园。民国期间归刘国钧，曾予修葺。新中国建立后，刘氏将园捐献国家。一九六五年，东花园经整修开放。"十年动乱"中曾长期关闭，池馆荒芜。一九七九年拨款八万元再次修缮。城曲草堂、补读旧书楼、还砚斋、双照楼、山水间、听橹楼、无俗韵轩、吾爱亭诸胜尽复旧观。一九八六年起，整修西花园织帘老屋、藏书楼诸构。耦园幽居巷曲，三面萦河，饶有水城风致。黄石假山传为涉园故物。雄浑峻奇，当推吴中之最。一九六三年耦园被列为市文物保护单位。

四 富潘、贵潘与两只鼎

潘姓家族是平江历史街区里赫赫有名的大户人家，花开两枝，一枝称为"富潘"，另一枝称为"贵潘"。

富潘的祖上可追溯到明洪武（1368—1398）初年。先祖潘留孙，原籍金陵，曾任京城的兵马司都指挥使。潘留孙兄弟三人，他排行第二。后来兄弟三人分处三地，一人去上海，一人迁宜兴，潘留孙则任职苏州火药局，入了长洲籍。此后，在苏州几经繁衍，成为一个人丁兴旺的大家族。从迁苏后的第九代孙潘颖昌开始，富潘靠日积月累的打拼，奠定了实力雄厚的家族基业。

潘颖昌幼时就遵从父命，"习治生术"，投身于商海。经过多年苦心经营，终得"家业稍稍隆起"，成为殷富之家。潘颖昌生有三子，子承父业，继续从商，经几代人打拼成为姑苏城里的巨富。"富潘"经营的货物主要为丝绸、药材、茶叶等，东北、华北一带是其重要的业务区域，在那里设有商号。有人戏说，"半条观前街上的商铺都姓潘"，像元大昌酒店、稻香村糖果、黄天源糕团、潘资一药材、余昌钟表、文昌眼镜店等，都是富潘的资产。有了钱，富潘一族就从齐门外的东汇路祖宅移居城内，在大儒巷内安了家，宅第名曰"端善堂"。

旧时苏州人说"大儒巷潘家"，指的就是富潘。到潘颖昌这代人致富后，在卫道观前建造了自己新的宅第，这就是著名的"礼耕堂"。它始建于康熙年末，后来传到其孙潘文起手中时，宅第又有所增扩。这处建筑是富潘所有宅第中面积最大、建造最考究的建筑物。礼耕堂是典型的深宅大院，门厅、轿厅、大厅、楼厅之间均用"库门"分隔，最精致而奇妙的就是砖雕门楼，所雕饰的花卉、鸟兽、人物等反映了主人祈愿吉祥、安宁的生活。由于砖的质地关系，图案结构虽不复杂，却富于变化，在古朴中透出华丽、简约中寓含丰润的艺术特色。其中有三座砖雕最为精致，保存也较为完好。它们分别位于轿厅、大厅和堂楼前。砖雕构图严谨、雕工精细，分别镌刻"居德斯颐"和"秉经酌雅"等字样，四周镶以蝙蝠、荷叶、灵芝、牡丹等图案。蝙蝠寓意洪福齐天，牡丹寓意吉祥富贵，荷叶寓意清风徐来，灵芝则寓意健康长寿。还有一块砖雕上镌刻"旭丽风和"字样，雕刻更为典雅，檐下饰回纹挂落，斗拱两跳，整体采用立体镂雕工艺，雕满梅兰竹菊等四季花卉和石榴、佛手、寿桃等寓意美

礼耕堂

好的事物。最为人称道的是左右垂柱定盘枋各雕饰一只栩栩
如生的蟾蜍，憨态可掬，有驱邪镇宅之寓意。

富潘致富靠什么？据《徽商》记载，潘家人靠做国际贸
易"发洋财"而致富。他们把吴地的丝绸和茶叶拿到印度、波
斯（今伊朗）等西域去卖，换回金砂、药材、香料，回来一转
手，赚取其中的差价。不过，这是冒着生命危险去做生意的。
有一次，潘家和结拜兄弟一起出门办货，遇上西域强盗，潘家
人弃货逃命，结拜兄弟为此送了性命。回来之后，潘家祖宗立
下两个规矩：一是家里每年供奉兄弟灵位，两家世代结亲；二
是必须在局势稳定的内地开办实业，方为长久之计。做生意
可以冒一点儿险，但不可以冒大险、恶险、凶险。

潘家实业里面，最具代表性的就是北京瑞蚨祥绸缎庄。苏州虽然是丝绸重地，但进京做买卖起始也是惨淡经营。到了第十一代，潘家出了一个精明人叫潘文起，18岁执掌家务，在北京、天津、郑州各地奔走。康熙年间，有一次他在北京的茶馆里偶然认识了康熙的十七子胤礼，这位皇子无意中提起，皇太后身体不行了，驾崩就是这几日内的事。这触动了潘文起敏锐的商业触觉，他连夜动身回苏州购进大量的黑布白纱，悄悄运往京城，在接下来的国丧中大派用场——这可能是潘家生意的转折点，京城的丝绸生意戏剧性地站稳了脚跟。

富潘的后人依靠经商而积聚雄厚财力，花开数枝，各自在苏州城内大量购地置业。据富潘的重孙辈回忆，除"礼耕堂"之外，富潘家族中还有13处大宅院，大多在城东，如大儒巷、悬桥巷、丁香巷、大柳枝巷、东花桥巷、大新桥巷等处都有富潘的房产，其中一些老宅至今仍然保留着。

富潘最为人称道的并非金山银山，而是积聚巨量财富后尚有乐善好施、接济族人的善举。他们志于建立家族义庄，陆续将财富投入土地，在苏州城外置办大片义田，多达1200余亩。田租收上来后，用于周济族人、兴办义学。民国四年（1915），苏州遭遇特大水灾，狂风暴雨把玄妙观东岳殿前的大香炉掀倒了。城里的大街小巷积水有三尺多深，城外沟满河平，一片汪洋，义庄租田全部淹没在水里。元和县徐家村的庄主撑了小船进城，向潘家秉报受灾情况。说到有的族人佃户实在活不下去了，就插个草标卖儿卖女了。富潘当家人一听勃然大怒，骂这几家是败坏潘族的门风，再苦再难怎么能卖儿卖女！他马上关照管家，坐船去察看义田里的受灾情况，凡受灾族人每家均给予谷米一石（一石约等于120斤）以救急，受灾的外姓佃农每户给予半石。等水退后，义庄内私塾学子的吃用开销均由义庄负担。那年的平江街区几乎也沉没在水中，几条河道的河水都漫上来，淹没了人家的街沿石。这样的大水，老人无法出门，吃饭就成了大问题。富潘家的管家关照下厨，每天蒸数笼馒头，给住在巷子里的老人送去。富潘的义举，数年后还被街坊邻居传扬。

富潘不是心狠手辣的黄世仁（《白毛女》中的恶霸地主），更不是人性歹毒的南霸天（《红色娘子军》中的土豪劣绅），他是开明士绅，所以即使遭遇天灾人祸，义庄里也没有出现哄抢粮食或暴力抗租的现象。贫与富，本是阶级分化的经济基础，但由于富人的富而有道、富而乐善、富而济贫，可以延缓这种阶级对抗——富潘为人称道，大约就源于此。

富潘在事业有成之后，非常注重"财"与"势"的联姻。清代中叶以后，潘家人花钱捐了一个四品花翎，竭力向"贵潘"靠拢。祖宅礼耕堂的一些建筑细节就能够说明这一点。礼耕堂的正厅是接待贵宾和官员用的，房梁上挂着著名书法家梁同书写的匾，大梁被雕刻成12个乌纱帽的形状，让人感觉坐在室内一抬头就好像戴了官帽一样，所以这个正厅又叫纱帽厅。在进门两边的柱子上刻着一副对联：

> 心术求无愧于天地
> 言行留好样于儿孙

尽管如此，富潘终究不及"贵潘"更为人称颂，这与中国数千年儒家文化"士、农、工、商"的尊卑排序有关，经商是远远赶不上读书而为人推崇的。贵潘一脉，出过状元一、进士八、举人十六，成为清代姑苏官绅典型代表，享有"天下无第二家"之誉。

贵潘最为人津津乐道的是守护两只鼎的故事。

鼎，青铜时代的礼器。它代表着贵族的身份和地位，也是国家权力的象征。被誉为"海内三宝"的大克鼎（现藏于上海博物馆）、大盂鼎（现藏于北京中国历史博物馆）、毛公鼎（现藏于台北故宫博物院），堪称青铜鼎的出类拔萃者，是研究中华文明极为重要的实物和史料。在很长一段时期内，人们并不知道这三只鼎中竟有两只就深深地掩埋在姑苏城中一条并不起眼的深巷里，一户潘姓人家的地底下，这家就是街区百姓称呼的"贵潘"家族。

道光十四年（1834），潘祖荫的祖父，也就是历任乾隆、嘉庆、道光、咸丰四朝状元宰相的潘世恩，得到御赐圆明园宅第的恩赏，这是贵潘最荣耀的大事。随后，潘祖荫的伯父潘曾莹将位于南石子街的旧居，仿照御赐宅第的建筑格局，改建为坐北朝南的大宅，占地面积4500多平方米。宅分三路五进，中路各进皆为楼屋，两侧厢房走廊，连通为走马楼，庭院宽畅，装饰精致。

潘祖荫字伯寅，号郑庵，咸丰二年（1852）壬子科会试第九名，殿试一甲第三名进士及第，授翰林院编修，官至工部尚书、军机大臣。此公秉性爽直，敢言敢为，曾提出过"勤圣学""整军务""裕仓储"等治国惠民之策。同治二年（1863）四月，因连年旱灾，数次上疏请减免江苏赋税。他有个爱好，公务之余特别喜欢金石图书收藏，尤其对宋刻版古籍情有独钟，所藏图书有宋刻《白氏文集》残本、《淮海居士长短句》、《公羊春秋何氏注》等，均为古籍珍本。他将自己的藏书室名为"攀古楼""滂喜斋""金石录十卷人家"等，著有《滂喜斋读书记》《滂喜斋宋元本书目》。他在京城为官时，结交了不少琉璃厂玩古玩的朋友，搜求古珍，每发现彝器文物，必"倾囊购之，至罄衣物不惜"，其"攀古楼"所藏青铜器至抗战前尚有380件，均为稀世珍宝，为藏家所惊叹，无法望其项背。

贵潘所收藏的大克鼎、大盂鼎，与毛公鼎（现藏于台北故宫博物院）一起被誉为"海内三宝"。《说文·鼎》："鼎，昔禹收九牧之金，铸鼎荆山之下，入山林川泽，以协承天体。"鼎成为镇国、传国之重器。大克鼎通高93.1厘米，口径75.6厘米，重201.5公斤。其造型庄严厚重，鼎为立耳，口沿下饰变形兽面纹，兽面纹中饰小兽面，有角瓜棱，腹部饰宽大的沿曲纹，足部饰饕餮纹。腹内壁铸有铭文290字，记载周王赏赐克以大量土地和奴隶，是研究西周土地制度和官制的重要资料。大克鼎1890年在陕西扶风县法门镇任家村出土。出土后历经周转，归天津人柯氏所有，后来潘祖荫得知后以惊人的重金（相传是官银5000两）从柯氏手中购得。

大盂鼎，因作器者系周康王时的大臣盂而得名。清道光初年在陕西岐山眉县礼村出土。鼎高101.9厘米，口径77.8厘米，重153.5公斤，沿口下及上足饰饕餮纹，足有扉棱。腹内铸有铭文19行291字。记载周康王二十三年策命盂和对盂的赏赐。对研究商代的侯甸之制和赏赐奴隶的情况以及西周早期历史都有重要的史料价值。鼎中的铭文还言及商人酗酒是商亡周兴的主要原因，并赞扬周文王周武王的盛德，其内容可与《尚书·酒诰》相对照。此鼎出土后最初被岐山富绅宋金鉴购得，后几经转手，被清大臣左宗棠获得。清咸丰十年（1860）三月，左宗棠因遭人弹劾，陷于"罪且不测"的孤立无援的困境。幸亏潘祖荫三次上疏营救，才使左宗棠解脱免罪。在以后的岁月里，潘祖荫又数次"密荐其能"，使左宗棠东山再起，成为"同治中兴"的重臣。正因为有了这样一段生死情缘，左宗棠与潘祖荫成了朝中密友。官复要职的左宗棠为报答潘祖荫的搭救之恩，毅然将自己珍藏的大盂鼎赠送给比自己更钟爱青铜器的潘祖荫。

潘祖荫得到这两只鼎后，钟爱异常，视为稀世珍宝，曾专门请人刻了一枚"宝藏第一"的纪念章，刻在大克鼎的铭

大盂鼎

大克鼎

文拓本上，前来索取铭文者应接不暇。不过，潘祖荫极为吝啬，能得到这个拓本的寥寥无几。而能一睹大克鼎尊容的，更是屈指可数。"贵潘"得到两只鼎后，族人深以为豪，曾刻有"天下三宝有其二"的铭章而传给后人。名声在外，也就引来了觊觎之徒。最先相中两只鼎的是清末权臣、陆军部尚书端方。清光绪末年，端方时任江苏巡抚。这家伙利欲熏心且心狠手辣，早年就用强暴手段从金石家陈介祺手中夺走了毛公鼎，这次又想故技重演，从潘家夺走这两只鼎，这样天下三只鼎就全归自己了。但潘家不是陈家，贵潘的身份也不低，"豪夺"是不可能的，只能"巧取"。所以，两次上门说尽花言巧语，想骗走这两只鼎，遭到潘家严词拒绝。正当他还在想方设法的时候，辛亥革命爆发了，端方亡于义军之手。

虽然端方已亡，但两只鼎给贵潘带来的烦扰并不少。此前，潘祖荫深感危机四伏，一直想把两只鼎运回苏州。他去世后，他的弟弟潘祖年雇了一条漕帮的快船，把两只鼎密存于木箱内，箱盖上贴有从吏部弄来的"密运"封条，各地官府看见这样的封条就不会再盘查了。半夜起身，四人一抬，扛上两只木箱，搭上停在胡同口的马车上。三驾马车踢踏踢踏直奔永定河码头，从这里上船后走京杭大运河一路南下，秘密运至苏州。木箱上盖有层层草垫，看上去就像一堆不值钱的破家什。库房搁置多年，平时也不进人的，窗户上、墙上都挂满了蛛网，还有老鼠吱吱叫着窜来窜去。

伪装已然非常严密，但还是不能密不透风。20世纪20年代，一个美国人打听到潘家有两只鼎，欣喜若狂，他辗转找到大儒巷潘家，软磨硬泡，只要求见一下这两只鼎。出于礼貌，善良的潘家人把来人领进库房，打开箱盖，让他看了一眼两只鼎。这个美国人眼睛发亮，竟然提出用600两黄金加一幢洋楼的代价来换取两只鼎。潘家人不为所动，淡淡一笑说："世界上有些东西不是用金钱能买到的，这两只鼎是潘家的命，你就是堆满金山银山也不换的。"

这两只鼎在潘家库房里又平安无事地躺了很多年。

抗战前夕，国民党一位党国要员坐车上潘家，说是要举办文物展览会，提出借这两只鼎一用。经过多年的风风雨雨，潘家人一眼就看出来人居心不良，这两只鼎一旦出门就再也回不来了，所以婉言谢绝了。

过了半年，局势越来越紧迫，"日本人要打过来了"的消息如柳絮满天飞。

潘家人最担心的是这两只鼎，现在正是风口上，这两只鼎若运出去肯定凶多吉少，再说运到哪里去藏躲也是个问题。这时的潘家已轮到潘祖荫的孙媳潘达于主持家政了。她和家人再三商议，决定就埋在自家第二进堂屋的地底下。为使藏鼎之事秘而不宣，在夜色掩护下，她叫来自己的姐夫潘博山和另一位可靠的亲戚，搬开地面方砖，连夜挖掘出一个大坑，先放入预先做好的大木箱，再把大盂鼎、大克鼎对角放进箱子，空当处塞进一些小件青铜器，随后盖好箱盖，平整泥土，按原样铺好方砖，不留一丝痕迹。同时她将书画连同其他古董一起都藏于"三间头"。所谓"三间头"是指老宅夹弄里的三间隔房，只有一扇小门与弄堂相通，如果小门堆满杂物，就不易被发现。为了避免泄露秘密，潘达于向两个守门人郑重承诺："只要保守秘密，潘家养你们一生一世。"

贵潘家的两只鼎终于安眠地下年余。

1937年八一三淞沪战争爆发，风声一天比一天紧。一会儿说日本人已在金山卫登陆，一会儿说日军的飞机要来轰炸苏州了。果然，没过两天，24架日本军机飞过苏城上空，不但机翼上的太阳旗看得清清楚楚，甚至连飞行员的身影都能看到。上百枚炸弹扔在阊门外的"老五团"兵营、城内学士街、道前街一带，死伤500多人。民国二十六年（1937）11月19日下午2时，日军第九师团富士井部从娄门进入苏州。据日本报纸《朝日新闻》充满得意地报道："我军进城以后进行了毫无障碍的扫荡。城里仅有500多残留市民，全无抵抗。苏州这座美丽的城市已经全部被我军控制。"

从日本最新解密的资料看，当时日军的华中派遣军中有一将军松井石根是个文物通，他到江南后负有特殊的使命，就是率领数十名文物专家，从大户人家搜集文物、古玩、书画、瓷器等。战后，日本京都的深山里建起一座"世外桃源"式的美秀博物馆，是贝聿铭设计的中式建筑，借山景水秀，建筑与自然融为一体，景比天籁，别具一格。馆中所收藏的中国文物至少1000件，其中的青铜器、钧窑、汝窑的瓷器、元四家的画作、明宣德炉等都是孤品。所以，也就不难理解日本人进入姑苏城后为什么要三番五次到潘家来索鼎了。而潘家人早已离开苏州，到外地躲避去了。

日本人初次登门是由汪伪自治会的官员陪同，拎了不少礼物，鞠躬哈腰，和蔼客气："听说贵府珍藏大克鼎、大盂鼎，我们大日本帝国久仰中华文明，很想一睹风采。"

潘家看门的人答道："眼下这么乱，我家主人早已不知到哪里逃难去了，家里有什么，我们看门的哪里知道。"

不仅宝鼎没看到，连主人的面也见不到，日本人有点儿恼怒，他们收起笑脸，直接开始屋里屋外搜查起来。十几个宪兵，里里外外都翻了个遍，就是没找到这两只鼎的下落。在一个多月的周旋中，日本人前前后后来过潘家七趟，劫走了一些字画、瓷器，就是没有找到朝思暮想的这两只鼎。

大克鼎、大盂鼎，躲过了大灾大难，安然地在地下沉默着。

抗战胜利前夕，埋在地下的木箱腐烂了，方砖地明显塌陷下去。潘达于随即与家人一起用圆木做支架，把两只鼎徐徐吊出土坑，然后堆放在一间老屋的屋角里，里面填满破衣杂物，外面则用旧木家具遮挡，老屋的小门也被钉死了。

1951年秋天，居住在上海的潘达于写信给上海文管会说："眼下政治开明，社会安定，我们愿将大克鼎、大盂鼎无偿捐献给国家。"上海市文管会派员专程赶到苏州，与潘

潘达于先生

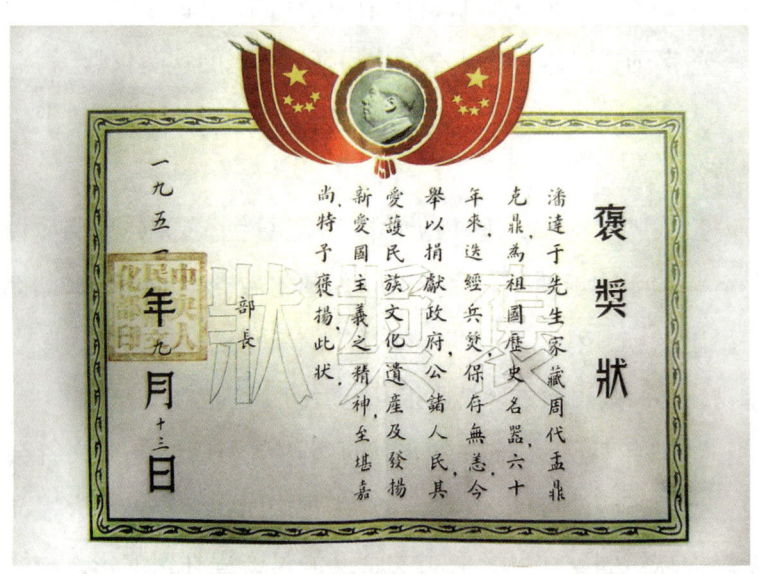

褒奖状

家一起把两只大鼎运到了上海。如今，这两只鼎分别珍藏于中国国家博物馆和上海博物馆，成为"镇馆之宝"。

当年10月，上海市文管会举行隆重的授奖典礼，文化部授予潘达于褒奖一张：

"潘达于先生家藏周代盂鼎、克鼎，为祖国历史名器，六十年来迭经兵燹，保存无恙，今举以捐献政府，公诸人民，其爱护民族文化遗产及发扬新爱国主义之精神，至堪嘉尚，特予褒扬。"

同时，发给潘达于2000万元（约相当于今天的2000元左右）奖金。这时，潘达于的生活并不富裕，青年丧偶，独自挑起家庭重担，在一家里弄加工组里赚点生活费。但她执意放弃了，分文未取。

2004年2月28日，国家文物局、上海博物馆等单位以最高礼遇为潘达于百岁寿诞祝寿。当这位满头银发、精神爽朗的老人缓缓步入博物馆大厅时，前来祝寿的人全都起立、鼓掌，以表达敬意。同时，"百岁寿星潘达于捐赠大盂鼎、大克鼎回顾特展"揭幕，百岁老人在揭幕仪式上心情尤为激动，面对镜头连连说"应该的，应该的，这是潘家的责任"。

同年，潘老回苏州大儒巷，在潘家老宅里走走看看，在埋鼎的堂屋里坐下良久，自言自语地说："列祖列宗，晚辈迟禀：那两只鼎，虽然捐出去了，但它们有了更好的归宿！"

五 状元街是『读』出来的

走进位于钮家巷西口的状元博物馆，看到陈列的皇榜、考录、及第、喜匾、御赐品等科考物件，听到讲解员说平江街区自中唐至清末，前后出过17位状元，你肯定会惊讶不已！一地一县，若能出个把状元已然了不得了，这么多状元居然集中在同一街区里，是哪几座祖坟上冒出缕缕青烟？状元街，独一无二，名副其实。清代文学家汪琬闻此奇象则惊讶不已，忍不住夸赞苏州特产有两样：一是梨园子弟，一是状元。

我们需要探讨的其实不是一条街上出产状元的多寡，也不是状元赴京赶考有啥特异功能，而是探讨状元街背后的文化现象。走出博物馆大门，你能看到对面有一家名为"文学山房"的古旧书店，一小间门面，守店铺的是位年过九旬的老人，几代人守住书铺有二三百年了。老人的父亲、父亲的父亲，就已经开设"文学山房"的书铺了。收书、藏书、换书、卖书，一切都是为读书人着想。博物馆与小书铺，相隔只有一条不宽的石子街，走过去却相隔数代人。文化教育的自信，这是城市责任的内涵和底蕴。中国自隋唐开设科考以降，状元及第总是被老百姓所热捧，因为它是一个文化标志、一种文化现象，显示"学而优则仕"的无穷魅力。读书人"头悬梁，锥刺股"，苦读四书五经，就是指望有朝一日通过县试、府试、乡试、殿试，书包翻身，光宗耀祖，春风得意马蹄疾，榜上有名好还乡。

书与读书，一向就有源与流、因与果的辩证关系。

街区所出17位状元中，有一位就是前文提到过的潘世恩，俗称"贵潘"，家住钮家巷；一位叫吴钟骏（1799—1853），字吹声，号崧甫，吴县人，家住潘儒巷，道光壬辰科（1832）状元，授翰林院修撰，历任礼部左右侍郎，兼仓场侍郎，钱德堂及三库事务，是当时的经济学家；还有一个叫洪钧，原籍安徽歙县，同治七年（1868）中戊辰科状元，曾出使俄、德、奥地利、荷兰等国。话说这三人，并非因为他们权势熏天有多厉害，更不是因为他们荣归故里身价有多显赫，而是因为他们最大的功绩就是在街区里倡导读书，助力教学，现身说法：状元街是"读"出来的。

就说那个洪钧洪状元，小时候过的是苦日子，父亲因为做买卖被人骗得本利净光，家道中落，所以逼着儿子弃文从商、复苏家业。偏偏洪钧不信这个邪，认准了书包可以翻身的死理，非要读出个子丑寅卯来不可。父亲拗不过他，只能送他去读私塾、公学，就是买书舍不得花钱。洪钧课余时间就去书铺，趴在那里看书，一整天不带闲的。书铺老板见这孩子穿着一般，却如此好学，就给他一个"特权"：可以把看不完的书拿回家看，第二天再送回来。洪钧非常高兴，对老板说："我这下读书就更能读进去了。"老板笑道："此话怎讲？"洪钧一板一眼地说："先哲袁枚，人称随园先生，他在《黄生借书说》中写道，'书非借不能读也。'"老板拍拍他的肩膀说："我这里的书都可以借给你读。"

潘世恩故居——状元博物馆

洪钧自此成了书铺特许的借阅人。像这样的苦学故事经过口口相传、代代相传，成为身边的榜样和无言的教诲。老百姓以读书为荣、不读书为耻，别说县学里座无虚席，就是街区内的十几家私塾招生都是满满的。

从干将（铸剑）路、专诸（刺客）巷、孙武（军事家）路等街巷名字里，你不难发现苏州从建"阖闾大城"始到楚汉争霸，黎民百姓一直是尚武的，"挥剑而起，拔刀相助"是最为推崇的社会时尚。楚汉争霸中的西楚霸王项羽起兵地就是苏州，八千江东子弟多半是苏州人。唐宋以后，这种尚武的心理开始平复下来，转向文化追求，崇尚读书成为社会时尚。宋时的学馆、私塾明显多起来了，大户人家的子弟以读书为己任，以读书后能入科考为荣耀。

苏州最早兴办的公学是府学，由范仲淹创于宋景祐二年（1035）。之后，古城区内陆续开办县学、乡学十多处。胡瑗是泰州人，北宋杰出的教育家，他倡导的"因类施教法"和"学以致用法"，开启了我国教学改革的新思路。范仲淹为聘请他来古城区主持府学，先后两次坐船赴泰州，登门拜请。延至明清两代，读书风气更盛，仅在平江街区内就有社学、私塾13所。状元吴钟骏辟出自家院内的数间厢房，办起了"思学塾堂"，私塾名取自孔子《论语·学而》中"学而不思则罔，思而不学则殆"，设在潘儒巷里，招收学子20余人。相传有一邻居因家境贫寒，儿子6岁到了入私塾的年龄，但父母没有送他来塾堂。吴状元问塾师，左邻右舍的孩子是否都入学了？塾师说，只有住在巷口的一户人家没有送孩子来读书，原因就是交不起学费。吴状元一听，不由得皱起眉头，吩咐下人到那户人家去，当面跟家长讲学费全免，杂费则由义庄承担，孩子一定要送来读书，若再耽误，定送官府深究。那户人家感激不尽，第二天就把孩子送到塾堂里来了。吴状元回家省亲时，还特地问起这户人家的孩子的读书状况，嘱下人给这户人家送去10两银子，叮嘱其日子要过好，书更要读好。

读书，无论富贵还是贫贱，都是摆在第一位的事情。比如近代著名教育家、出版家、文学家叶圣陶出生于悬桥巷潘氏松麟义庄内。"我家无半亩地一间屋，家况很清苦。"叶圣陶在回忆录中说，"父亲在潘家经管田租（苏州人称为'知数'），母亲朱氏操持家务。一家人即使省吃俭用，也还是捉襟见肘。"即便这样，叶圣陶从3岁起就开始接受父亲的家教，识字、练字、描红。到6岁入私塾读书时，已认得3000多字，还写得一手好字。11岁去参加考试未中秀才，后考入长元吴公立高等小学校（草桥中学前身），开始接受新式教育。左邻右舍看这孩子如此好读，就送了他一个"书袋子"的外号。

还有著作等身的国学教授郭绍虞，小时候家境也不怎么样，祖父虽是前清举人，父亲却没有功名，只能做些文书、校对事，家境一向贫寒。郭绍虞自幼是在粗茶淡饭中过日子，连买书的钱都没有。父亲教育他，"穷且益坚，不坠青云之志",要多读书。他去旧书摊、裱画店找书看,问亲戚邻居借书看,如饥似渴,连明末遗民的著作都一本也不放过。后来,他在茅盾帮助下进入进步书局,参与编辑《历代文评注读本》《历代诗评注读本》,还写成了《中国体育史》,成为我国第一部体育专著,被收入商务印书馆《万有文库》中。郭绍虞在晚年回忆起童年住在大新桥巷里的日子,充满深情地说:"我小时候就想着要读书,街坊邻居最看得起的也是读书人,那里出了很多状元,明白告诉你读书是可以明智的、可以修身养性的,也可以翻身的。那时候,我家里穷,但我的书读得一点儿也不少。"

家居悬桥巷顾家花园的顾颉刚是国学大师,说话直来直去,脾性还有一点儿倔。可是,他从小就酷爱读书,别出心

顾颉刚

裁地提出"怀疑与学问"论，认为没有怀疑的精神，读书便是死读书；读书不时时产生怀疑，就是读死书。"我们对于不论哪一本书、哪一种学问，都要先经过怀疑，因怀疑而思索，因思索而辨别是非。经过怀疑、思索、辨别三个步骤以后，那本书才是我的书，那种学问才是我的学问。否则便是盲从，便是迷信。孟子所谓'尽信书不如无书'，也就是教我们有一点儿怀疑的精神，不要随便盲从或迷信。"

整理国故，一度成为新文学口诛笔伐的对象，认为钻进古籍堆里啃的是"封建残渣"，好在顾颉刚脾气倔，不管别人说什么，怎么说，他还是一条道走下去，"躲进小楼成一统，管他春夏与秋冬"，专心致志地研究他的"古籍堆"。很长一段时间，私塾同窗叶圣陶与顾颉刚生活在同一座城市，总不忍心去打扰他，因为只要有一点儿时间，他总是在苦做学问，即使犯病住院，躺在病床上也绝不会放松。叶圣陶说他做学问那是"真格苦"，苦行僧一般痴迷学问，对衣食住行几乎可以不管不问。顾颉刚则淡然一笑说："读书已成固癖，非此不愉。"那时候，从北京坐火车回苏州，要在浦口摆渡转车，坐快车也要30多个小时。顾颉刚自有办法，带上要读的书和资料，一路看书，车到苏州时还有一半没有看完呢。

顾颉刚成天埋首国故，孜孜不倦，一生都在担心自己失去"前进不懈"的倔劲。他在《自述》中说："我们研究的成绩，或浅陋，或错误，这是无关紧要的。因为每一种学问在创始时代必不能免于浅陋和错误。唯其能在浅陋与错误之后再加以不懈地努力，自然能做到高深的地步。"

早在明清两代，由于状元家族们的倡导，街区里创办学社、义庄的热度一直不减。不分贫富贵贱，若要读书，学社、义庄一概收录。富户人家或状元人家，也都乐于捐资助学。在苏州人看来，捐资助学是存福积德的美事，其中持续最久的就是兴办经济共济、读书共享、礼仪共遵的家族义庄。

义庄约开创于北宋皇祐元年(1049)。在杭州任知州的范仲淹回归乡里时认为"俸赐之余宜以周宗族"（《宋史》），遂取平时之积蓄购买良田千亩，捐赠给范氏宗族，作为族人公产，名为义田。又在城中灵芝坊(今范庄前)祖宅设立义宅、义庄，以周济族人，兴办义学，还亲手制定义庄的管理规矩。义庄的主要任务是春秋祭祀祖先，维修坟墓，纂辑族谱，以义田收租赡养族人之贫困者，资助求学的贫困子弟。

元代，承袭宋代的学统，提倡儒学，器重士人，对兴办义庄、义学的予以道义、税赋上的鼓励。义庄除向国家缴纳租赋外，其余如差役、课税一概免除。这种办学有优惠的传统延至明朝嘉靖、万历年间，街区里以兴办义学为特色的义庄更是后来居上。清康熙时开始对开设义庄者正式加以旌表，有的赐以"敦本表俗"匾额，从法律上对义庄加以保障。这时的义庄已与祠堂、族学完全合一，成为维护、扩大宗族势力的重要经济基础和文化基础。到清朝后期，一些地方志也开始关注义庄，把义庄作为其记述内容。至清末光绪年间，长洲、元和、吴县三县有记录的义庄就有62处，义田面积达7万多亩。据民国《吴县志》记载，平江历史街区内义庄、祠堂相对集中留存的有18处，有些至今尚存遗构，如潘氏松麟义庄、董氏义庄、汪氏诵芬义庄等，多已被列为控保建筑。

丁氏济阳义庄在悬桥巷内，创建于道光十八年（1838），现存庄舍三进。头门三间五檩，前有"丁氏义庄"砖额，后有咸丰七年（1857）所立门楼，额题"遗泽流长"四字。义庄私塾最多时收录学生30多人，其中贫家子弟占了一半。

杨氏宏农义庄在混堂巷里，创建于光绪三十年（1904），现存朝南两落三进庄舍。西落第三进祠堂面阔三间11.2米，进深10.2米，椓木雕有鹿、雀、缠枝花等图案。第二进有砖雕门楼，额题"翰苑流芳"，也表明了读书致仕的意愿。

义庄首先推崇"义"，即族人间的情义、捐资助学的仗义、学而取仕的浩义。所以，义庄多半还办有各类书院、塾堂等。

惠荫园原是归氏宅园的一部分，至明末清初，被复社成员韩馨购得，更名"洽隐园"。韩馨的侄子韩菼，少时家中贫困，能用功苦学，活得也很潇洒，因受到韩馨喜爱，他常来洽隐园读书、玩耍。在长洲做童生时，因欠粮三升被罢考，遂坦然一笑，冒充嘉定籍入学，后因说话没有关拦，被地方官除名。之后，他去吴县应试，县官看他的文章随意涂鸦，不通，贴在影壁上，不予录取。这时，正遇尚书徐乾学来苏州，晚间听门生们谈论那篇贴在影壁上的"奇文"，捋着胡须不住点头，便问是谁写的，门生如实告知，徐尚书拍案大惊："此文开风气之先，盛世元音也！"次日一早，不但约见他，还带他回京，参加顺天府乡榜考中举人，接着参加会试中会元，随后殿试第一名中了状元。此后洽隐园几经变迁，成为学校，比如民国时期女杰施剑翘就曾在这里兴办从云小学，吸收了西方教学的特色，开设音乐、体育、国语、算术、常识、图画、自然、地理、劳作等课目。春有桃李花开，秋有桂菊飘香，庭院里回响着朗朗读书声，那是世间最美的声音。

江漱芳（1867—1928），字兰陵，出身于书礼之家，其族叔江标曾为翰林编修、湖南学政。她自小饱读诗书，又受到西方思想文化的熏陶，在光绪二十四年（1898），不仅带头放足，而且联合谢长达、蔡振懦等人举办民众宣讲会，宣传新思想，抛弃传统陋见。在此基础上，她决意兴办女学，筹办三年后，在与悬桥巷一街之隔的因果巷创办兰陵女学堂，以"主持家政，改良母教"为宗旨，招收女学生入学。开始，经费无所筹措，她不得已典卖自己的首饰无数，以资助办学。当时由于苏城风气还未开通，来上学的女生仅有三人。她为提倡女子入学，特设奖品招女童会考，学生数逐渐增加到70多人。学堂开设了国文、历史、英文、音乐、图画等课程。她亲自执教，主持校务，得到社会赞许。江氏办学，经费全由己出，从不申请官款。光绪三十三年（1907）冬始有第一期高小生毕业，到宣统元年（1909）冬又有第二期女生毕业，其中有不少后来成为女界英才。在兰陵学堂影响下，"苏苏""振华"等女校相继兴办，读书的苏州女子越来越多。兰陵学堂办学12年，后迁居上海，更名"复兰女学"又办了12年，江漱芳终因积劳成疾，抱病移居嘉兴，终其一生。

老苏州人都晓得，在干将路开通前，今平江实验学校前的街道叫"新学前"。这名称中的"学"，指的便是"长洲县学"，于南宋景定元年（1260）创立。开始时无固定校舍，临时设在长洲县驿站里。咸淳元年（1265）知州陈均决定将广化寺建为县学。到了明嘉靖二十年（1541）知府王廷另辟新地办学，就把学校搬到了现在平江实验学校的地方。清雍正二年（1742）从长洲县析建元和县，但县学不另分建，附于长洲县学，"更其榜曰长洲元和县学"，俗称"长元县学"。长元县学最后一次大修是在同治六年（1867），由怡园主人顾文彬出资修缮大成殿，该殿在咸丰十年（1860）的战乱中毁坏了。顾氏在《重修长元学记》中称："凡殿堂门庑祠宇斋舍亭阁仓廪庖厨鼎禹等，悉还旧观。是役也，前后糜官钱三万七千。"可见这次重修耗资和工程都是巨大的。

据《吴县志》记载和《长元学图》显示，长元县学的

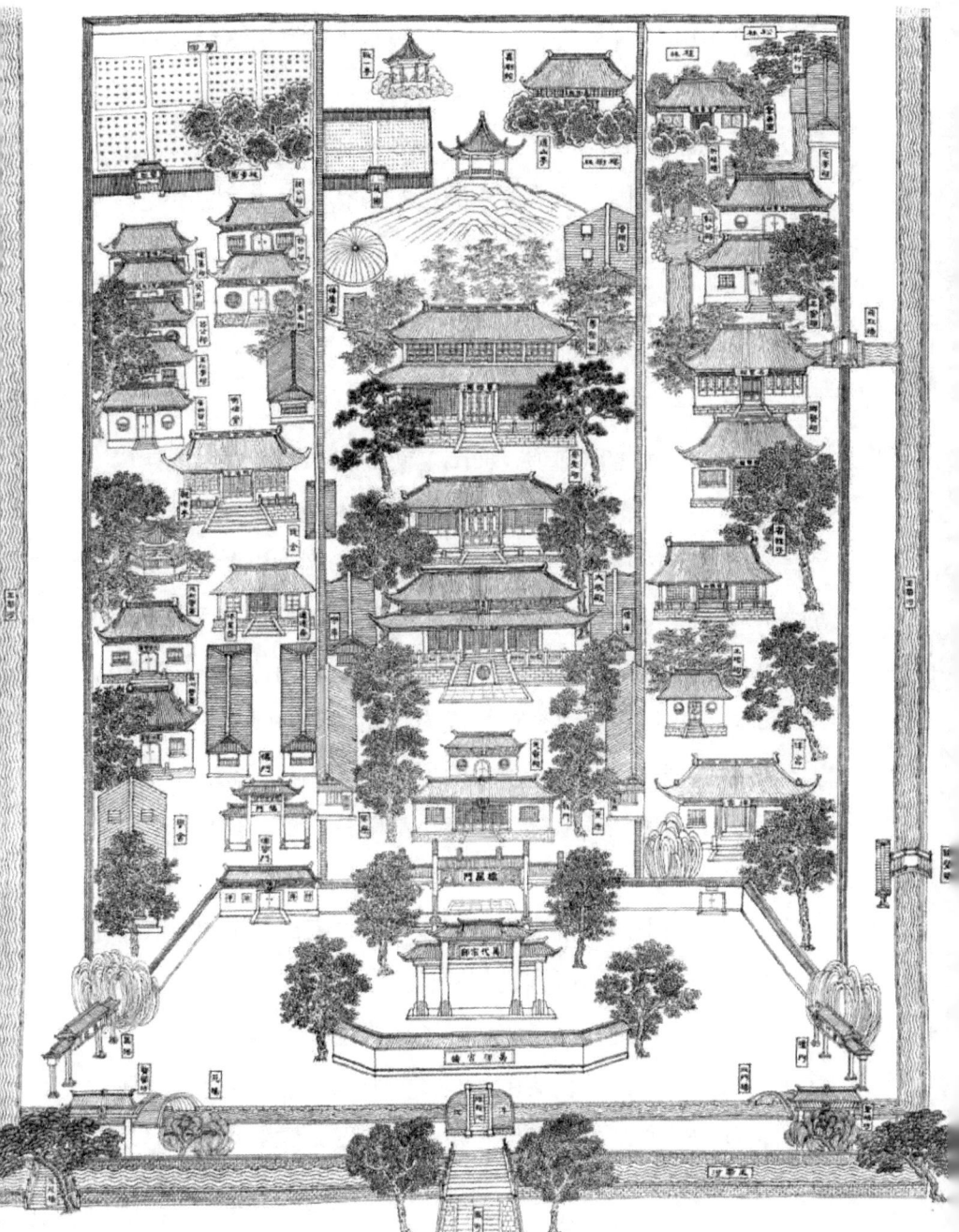

长元县学全图

建筑形制规范、规模宏大，在当时的县学中是出类拔萃的。长元县学不仅有"左庙右学"两路自成体系、功能不一的各类建筑，而且学校北部和东部还有多处绿地和小园林。道山亭之北，东为菜圃，西为桃李园；东南有土山松林、杂花数十株的春宴园，东面还栽竹数百竿。校园四面环水，明万历二十五年（1597）又新建"文星阁"，以壮其美。校园内的大成殿，古色古香，足见儒学古朴之风。据说此殿于光绪七年（1881）不慎毁于一场大火，后于光绪九年（1883）重建。大殿为重檐歇山顶，面阔七间计32米，进深六檩计17米，高18米，面积为544平方米。殿中现存两块完好无损的碑刻，一块为清嘉庆二十二年（1817）江苏巡抚胡克家撰文、刑部尚书韩崶书《重修长元县学记》，一块为"有菜圃二区，年收租价制足八千文"的学校权益碑。

古殿、古碑、古银杏树，成为长元县学的标志。莘莘学子在这里读书，那是何其荣光的事啊！义庄、私塾、学堂遍地开花，读书风气渐渐浓厚。文化基础夯实了，登临塔尖的状元自然就增多了。

"风声、雨声、读书声，声声入耳，家事、国事、天下事，事事关心。"街区推崇苦读经典，弘扬读书风气，其目的不仅是出人头地，更是培养学子成为国家栋梁。所以，街区里的公学、私学，从清中期至民国末期，都是主张学子把窗内苦读与关心窗外大事结合在一起。以大儒中心小学1932年制定的教学大纲《一·二八纪念设计大纲》为例，其中的

长元县学——大成殿

"动机"一项，就旗帜鲜明地教育师生："缅怀往事，犹复愤慨。际此一·二八周年纪念，国民鉴于国联之无力解决中日问题，甚且予我以重大压迫，知公理之泯灭，国联之不可恃也，于是攘臂奋呼者有之，投笔从戎者有之。教师应即利用机会，布置环境，供给材料，协助儿童，达到完全了解一·二八的过去和现在的事实；了解小学生对于抗日救国应负的责任，激发儿童的爱国热忱。"（摘自《民国苏州教育档案选编》）

你看那年代小学生的时政教育一点儿也不马虎，它也是着眼于爱国、励志、启知的精神考量。所以，状元街的由来绝非"读死书，死读书，读书死"，而是倡导与时俱进的研读风气；从街区走出去的状元不仅文采斐然，而且眼界都很开阔。

推崇读书取仕，在街区就形成了书市书香的氛围。这一氛围延续到明代万历年间尤为火爆。当时的四大书市，除北京外，其余三个都在江南（南京、苏州、杭州）。苏州的阊门和平江街区里随处可见卖书的书摊。书市兴盛，这是因为读书人多，也催生了专营图书的书商、印刷匠。这时候街区百姓晒书最多的一是科考用书，二是通俗实用读物，三是包括历史演义、神魔传奇之类的通俗小说。这时候，不仅读书人好读书，贩夫走卒也以读书为荣，连万历皇帝的爱妃郑贵妃都亲自上阵，为一本《闺范图说》写序，推荐这本书，一时热卖数万册。不少江南文人致力于为图书插图，如大名鼎鼎的唐寅传说就为《西厢记》画过插图。苏州文人冯梦龙则直言自己所编著"三言"系列短篇小说，就是因为有书商找上门所求合作的缘故。

说到读书，不能不提及"文学山房"与它的主人江澄波。午后，96岁高龄的老人就安静地坐在书屋里，四壁堆满的书籍中有不少是古版线装书。老人说，坐在这样的书屋里，一点儿也不会觉得孤独，而是非常充实。

江家的书业故事要从江澄波的曾祖江椿山开始。这个湖州人很早就进行古籍版本研究，因避战乱来到苏州，就在阊门"扫叶山房"书铺里做店员。扫叶山房始创于明代万历年间，店主是东山望族席氏，书店直到清初还是生意兴隆。光绪二十五年（1899），江椿山的儿子江杏溪决定自立门户，创办文学山房，专营古旧书业。代代相传，到江杏溪之子江静澜经营书店时，古旧书的业务已经越做越大。潘祖荫、叶昌炽、冯桂芬、沈秉成等名家所藏的宋代善本书、名家信稿、抄本等都曾经过文学山房。江静澜不仅买书卖书，还将所收的古籍重印发行，如《江氏聚珍版丛书》4集28种，影印出版后就成为藏书家的铭心之卷。

江澄波从小耳濡目染，对古籍旧书极有兴趣，曾多次随父亲外出收书。20世纪50年代，他参与编著人生第一本书《文学山房明刻集锦》，与当时的名家如章太炎、李根源、叶圣陶、钱穆、顾颉刚、郑振铎等多有编书、藏书、读书间的交往。顾颉刚在江澄波编著的书中作序："苏州文学山房夙为书林翘楚，江君静澜及其文郎澄波积累代所学，数列朝缥缃物家珍，每有所见，随事寻求，不使古籍有几微之屈抑。"

名家的赞誉，更加坚定了江澄波经营古籍书业的信心。现藏于苏州图书馆的一本宋刻本《容斋随笔》，作者是宋代著名文学家洪迈，为宋嘉定五年（1212）江西章贡郡斋刻本。此书一度流入日本，后归于浙江南浔张氏，1973年被江澄波在城内前梗子巷一户居民家中偶然收得。像这类民间觅宝般的寻书之旅，他走过不止一次，有不少他收藏的古籍还被国家图书馆收藏，如毛抄本《梅花衲》一卷、《剪绡集》一卷、汲古阁影抄南宋棚本、钮树玉《说文新附考》手写稿本等，得到文献行家赵万里先生的肯定。

藏书家阿英的女儿钱璎致力于以昆曲为代表的苏州戏曲艺术的传承和弘扬，主编《中国戏曲志》（江苏卷）时，一时甚感资料匮乏，写信求助江澄波。她怎么也没想到老先生手里的资料丰富得令人吃惊，尤其有不少明代嘉靖、万历年间的珍稀资料，令她大开眼界。

江澄波到了古稀之年，执拗地守着自己的文学山房，在僻静的钮家巷里，与古旧书籍为伴，对面就是藏书名家潘世恩故居（状元博物馆）。店铺不大，20多平方米，三四排书架，却书香气十分浓厚。老先生安坐书店，每有来客，问及苏州历史或书人书事，他总是热情解答。他还有个与爱书同存的喜好，每天都要随手抓一把糙米喂麻雀，拿他的话说，人活着要善良，对一只麻雀如同对一本书一样。书店好像一个城市的眉毛一样，看似不重要，但缺失了眉毛，五官再精彩看着也乏味。比如对面的状元博物馆所列历代状元就都是从书里"读"出来的呀。

文学山房的老书痴虽然视力大不如前，但他仍会一个人坐在书店的书桌前，默默收拾古籍残页，戴上老花眼镜，读上一段，有时则会坐在门口，看风卷云舒花开花落。

书山有路勤为径，学海无涯苦作舟。以此作为"读"出来的状元街的真实写照，一点也不为过。有了"读"的充足底气，城市责任就有了底气和落实的可能。

六 济世有良药

"药引至为'诚'。"这是良利堂药铺老板陆绪卿挂在嘴边的一句话。

百草药引，引药归经，唯有诚信至上，药铺才能越办越兴旺。城市是聚居的场所，人际交往，诚信不仅是道德使然，更是为人处世的责任。

这家开设在肖家巷西口的中药铺，创办于清嘉庆十四年（1809），是与姑苏城里的雷允上、沐泰山堂、王鸿翥堂并列的赫赫有名的老字号药铺。这家药铺飘出的药香，在街区里飘了百年余。

一个来自上海南汇周浦镇叫陆绪卿的药店学徒，满师后与同姓师傅商量着合开一家小药铺，租下了街区肖家巷西口两间门面，置办了药柜、药箱、药轮、药杵等器具，半人高的柜台围起上下五层药屉，一张写字桌上摆着两把铜皮包角的算盘。店内供奉一幅孙思邈画像、一幅张仲景画像，杏林妙手都尊崇孙思邈、张仲景为中医药祖师爷。

　　"良利堂"的名字是陆绪卿起的，源于韩非子《外储说左》中"夫良药苦于口，而智者劝而饮之，知其人而已己疾也"，取良药苦口利于病的意思；又沿用药店店招大多冠姓氏的习俗，挂出的柏木招牌上写"陆良利堂"。

沐泰山

陆良利堂的铺面不大，却布置得清爽而精致，横匾、竖招、楹联、仰尘一应俱全。更具特色的是，柜台两旁靠墙放了几幅切制饮片用的刀板，用木栅栏做护栏，顾客在配方时就可观看药师切药的绝技。据说此种做法是陆良利堂独创，目的就是把买卖做在明处，其他药铺并不敢仿效。

夏日酷暑，空气热得发烫。良利堂的小伙计拎来几桶井水，把街沿石泼凉了，再潮一块毛巾擦去柜台上的灰尘。"陆良利堂"药铺就这样开张了。起始因为地处巷口拐角处，兼之资金不足，生意并不理想。陆绪卿并不灰心，反而花钱请钮家巷里的私塾秀才写了一副行业对联贴在门上，对联很风趣：

但愿君常健人无病
何妨吾独贫药有尘

路过的人好奇地打量这副对联，传扬开去，街坊邻居都称道这家药铺是一家"良心铺"。陆老板那句"药引至为'诚'"就此传扬开来了。

苏州药业因元代名医葛乾孙创吴门医派后逐渐兴旺起来。至明清时，药铺盛行坐堂问诊开药，既方便了病家，也为药铺赚取了生意。陆绪卿肯动脑子，脑勤、脚勤、嘴勤，生意很快就由冷转热。他利用所有的亲戚关系、朋友关系，走出去洽谈生意，如夏天经营"薄荷消渴茶"，拉来不少"团购"的大宗生意。有一年，天大旱，薄荷减产。入夏后，团购生意不减反增，库存薄荷叶不够了，有药师建议用蒿叶代替，"消渴茶"不是药，换蒿叶也无大碍。陆绪卿不同意，执意要用薄荷叶，而且加量不可减少。库存不足，他就去其他国药铺借货。他对药师说："药引至为'诚'，诚信经营是我们的招牌，丝毫不可以拆烂糊（苏州方言：糊弄、将就的意思）。"

陆良利堂把有名的郎中请进来坐诊，病人纷纷前来求医，药铺生意自然带动起来了。但药铺决不可以做"以药谋财"的一锤子买卖，他最讲究的就是回头客和店铺的名声。

良利堂的老店员中传下来这样两则故事：

有一年黄梅天，连阴雨下了个把月，由于保管不慎，隔年从宁夏进货的枸杞子闻着有一点儿霉味。跑采购的药师说有一点儿霉味不影响药效的，再说从宁夏进来这批枸杞子不容易。陆绪卿不这么看，断然决定"统统倒掉！"。药师说，枸杞子暂时进不到货呢。陆绪卿想了一下说："我去天益生商购，购不到的话，我宁可不做这个生意。从我们陆良利堂配出去的药里闻到霉味，那是伸手打我的耳光！"他带人去天益生药铺商购了数十斤宁夏枸杞子，尽管价格比进货价高了一倍，但他坚持购进，在他看来这不是几斤枸杞子，而是陆良利堂的招牌。

又有一次，一个从唯亭来的农民到药铺里来撮药。当班徒弟中午喝了点酒，脑子里晕晕乎乎的，撮药时竟少了一味麻黄，农民拎着药包坐船回家了。事后被陆老板发现，立马把徒弟叫来，狠狠地骂了一通，要他立刻坐快船追到唯亭去，无论如何要找到那个农民，把这一味麻黄补上。徒弟哭丧着脸嘟哝说，中药多一味少一味，可能药效有点儿影响，也吃不死人的。"放屁！"陆绪卿指着他的鼻子骂道，"配药是人命关天的事，多一味少一味，药效就不行。"他转而对围拢过来的陆良利堂其他员工说，"良利堂姓陆，我的牌子在病家的嘴里，啥人要砸我的牌子，我就砸他的饭碗！"徒弟这时才真急了，赶紧雇一条快船去追那农民，一直追到唯亭乡下，回来后还被陆老板罚跪，在药师孙思邈画像前跪到半夜。

街区的邻居都晓得，陆良利堂的规矩是很严的。称药材不准少称，也不能多称；开关药抽屉，抓药、称药，都要求"唱票"（报药名、重量）；先煎后煎的药材要分开包装；小包有纸包、纱布包，鲜荷叶包装的则要在荷叶上用针刺一排小孔；作坊内煎、炒、渍、切、灸、碾、筛，各道工序都有严格的标准和督查。药铺员工的薪金按技术高低评定等级，柜台上分为头柜、二柜、三柜，作坊里分为头刀、二刀、三刀，等级不同，所得薪金也不同。

清咸丰十年（1860），忠王李秀成率"长毛"（太平军）攻入苏州，山塘街一片火起，连烧了三天两夜。一时间，市面崩溃，人心惶惶。陆绪卿赶紧将药铺关门，带着几个亲信和全店资产连夜雇船回到老家南汇周浦镇去，在镇上重开"陆良利堂"。清同治四年（1865），太平军兵败退出苏州，战祸之后又面临大疫，疾疠肆虐，医生来不及诊治，药铺挤满来买药的人。身在镇上的良利堂看准了这一商机，准备东山再起，重返苏城。但苦于囊中羞涩，资金短缺，一时竟拿不定主意。有朋友出主意，良利堂可以采用集股方式筹集资金。消息传开，街区里的潘、单、朱等大户人家纷纷携款入股，成为良利堂的大股东。

新店开业前，股东们对店招中"陆良利堂"的"陆"颇有微词，认为既是合股经营，这个"陆"字去掉为好，于是改称"良利堂"。新店堂的门墙高有二丈，门面朝北，店堂内厅高大进深，就是只有一扇天窗，光线有点儿暗，不过也显出几分私密性。

新店开业，实力强劲，主要经营高档滋补药材，一时间买卖兴旺，远远超过了同类药铺。到年底结账，利润多了三倍多，几位股东乐得嘴都合不拢。良利堂的传统特色产品是滋补药，如精制饮品、膏滋药、人参、鹿茸、白木耳。据《苏州中药志》载，"1937年抗日战争前，苏州每年熬煎膏滋药约二千料，其中良利堂占八百料左右"。这与良利堂一向以精选上等地道药材和遵古法炮制有关。精选药材，精心制作，精细包装，是热销的门道。比如常用的化痰止咳药陈皮，必选广东新会产的上等陈皮，个大皮厚匀整，原料须在库房中放置二三年，去掉辣味，整理洁净后才能摆进药屉。

又如川贝，需要采自四川松潘的，那里出产的川贝颗粒匀整白净，去蒂去蕊的才称得上合格。良利堂特殊的炮制和保管技术堪称一绝，如要使玫瑰花粉保持鲜红、薄荷粉碧绿且香味浓郁，并要保持一年半载甚至几年就绝非易事。良利堂有绝招儿，首先在选料上，玫瑰花要选个头大、色浓的，薄荷要选产自盘门瑞光塔的二刀薄荷，卖花姑娘和药农采摘后一刻也不能耽搁，马上送到药铺作坊里来，然后经晒干，分批磨粉，分包存放，使色、香、味达到最佳。当时，开在观前街上的采芝斋、黄天源制作糖果、糕团，都要到良利堂来选购玫瑰粉和薄荷油，随后成为享誉苏城的品牌。

枫斛、花露，则是药铺大量销售的品种。枫斛是治疗内热、口干舌燥、缺少唾液的特效药。花露有茉莉花露、金银花露、蔷薇花露，是夏令消暑的上佳饮品。每年清明前后，蔷薇花开，花农上山拣白蔷薇花瓣采下来，马上挑担进城，送到良利堂工场里来。工场里早已备好几只炭炉，上面放铁盘，盘上铺一层河沙，沙子烧烫了，把花瓣匀匀地铺在热沙子上，略微烘干，随即放入紫铜锅和锡壶内蒸吊，等到花中香味溶于蒸馏水中，又从一根管子里流出来灌入甏内，密封储存。盛夏季节，开甏销售时，满屋生香，隔半条街都能闻得到。

选料精，做工细，源于严谨、严格、严密的工匠精神。拿良利堂老板的话说，"做药卖药的人卖的都是良心，凡做一桩生意，都要拍拍胸脯想我对得起自家的良心否"。

好景维持了近20年，就在光绪八年（1882）春，相距良利堂不足50米处开出一家规模更大的药铺。店老板是有官方背景的富商，专门请了一位外科名医坐堂就诊，对症下药。良利堂的生意一时逆转，一路下滑。这时的老板已是朱雨田。别看这个瘦高个子不吭不哈的，做生意的盘算心思一点儿也不比陆绪卿差。他面对强劲的竞争对手，深知留住人才是第一位的，"留得青山在，不愁没柴烧"，尽管生意萎

新中国成立初期良利堂一角

缩，利润下滑，但他仍然决定增加员工薪金。据《苏州中药堂号志》载，"对各伙友每月增加薪金五百文"，条件是"对外场（门市部）职工要求坚守柜台，殷勤接待顾客；内场（工场）职工要求切制加工更精工细作"。此招一出，果然生效，不仅稳住了人心、留住了人才，而且众人齐心协力做好店堂内外的事情，服务水平、药材质量，都跃上一个档次。听朱家后人说，那时贴近朱家的后园有片竹林，良利堂自制的竹沥就采自此处的鲜竹原料。选材精细，很快赢得了顾客的交口称赞，营业额也很快东山再起，一年后就远远超过竞争对手。在光绪二十一年（1895），良利堂买下药铺东面的房子，翻造起一座大宅，正屋五进，带花园、后园，取名"敬安堂"。

据饮片业太和公所资料载，1932年良利堂的营业额最高达到47,000银元，列全市药业第三位。那年，良利堂包下松鹤楼五桌，请新老员工吃年夜饭。朱老板已是黄昏暮年，早已离开药铺，他被小辈搀扶着来跟大家拜年，给每个人发压岁钱10个大洋，同时送给大家一句吉利话："人在良利堂，年年都兴旺。"

良利堂的好日子过了十几年，到了民国末期，终于完全垮下来了，主因就是受到金圆券币制改革的重重打击，损失了相当一笔银子和金条。1948年的物价如脱缰的野马飞奔不止。抗战前一封平信的邮价是5分钱，到1948年4月增长到5000元，还严重低于物价的指数。一口上好的棺木，战前不过400元，战后却增长到200万元。普通百姓拿到金圆券就像废纸，马上就兑换金银和抢购货物。

良利堂去安徽、广东、河北等地进药材，均要以银圆结账，而运回来的药材却变成不少金圆券，一进一出，蚀掉老本。药材进货渠道不得不中断。风雨动荡之时，员工们人心惶惶，柜面生意一落千丈。良利堂老员工许师傅说："我那时还是个学徒，原来每月除伙补外还有5个银圆，后来给我金圆券几万元，买一副大饼油条都不够。那些日子真是苦难，库存药材搬空了，没钱去进货，员工的工钱也拖欠了两个月，我们都在悄悄议论，啥时候天亮呢？"

天快要亮了。

天亮后，良利堂经过公私合营，增加了配药品种，拓宽了药材采购渠道，一直不变的是药店的诚信经营，拿店里员工的话说："药店关乎人命，丝毫不可以掉以轻心，这正是良利堂应尽的责任。"

曾经沧海难为水，除却巫山不是云。良利堂经历诸多波折，目前与雷允上等一起归于同一家公司所有，而且"良"字号的诚信经营理念也一代代传承下来，融入到街区不少经营户的买卖中，恪守此道，诚信经营。

七 风景这边独好

回到 40 年前，苏州提出了"保护和改造老城区，建成风景旅游城市"的总体规划，一时引来不少人的忧虑，担心古城"垫底的经济、陈旧的老宅、拥挤的道路、老龄化的人口构成，其财政收入无法承担控保建筑和园林的维修费用"，甚至还有人主张大拆迁，提出"城市大门要打开，最便捷的办法就是破旧立新，不能满足于修修补补"。

从当时的实际情况看，街区保护存在的问题是显而易见的：一是对 20 多条街巷内的控保建筑、二纵三横 5 条河流的疏浚远远不够，存在资金短缺、保护责任区分不明的问题；二是前期开发不够彻底，整体发展不平衡；三是街区内部发展不平衡，管理机制不够健全，功能配套也明显滞后；四是商业业态布局不合理，缺少地方特色；五是原住民的控保参与度不高。

总之，对于古城保护所应负的责任究竟有哪些、该怎样承担责任，谁也不能完全说清楚。面对所反映出来的问题和不同意见，决策者和管理者都没有匆忙下结论，而是深入街区、商铺、动迁组多层次进行调查研究。

时任全国政协常委吴亮平、江苏省人大副主任匡亚明专程来苏进行专题调研。他们一路风尘，不顾年岁已高，一到苏州就马不停蹄地走访从事老宅保护改造的专业技术员和施工员，听取相关部门关于控保的实验措施，还数次召集街区居民开会，直接听取民众的意见。两位老人在充分调研的基础上，积累了上万字的第一手资料，经归纳整理后，在《文汇报》发表了整版文章《古老美丽的苏州园林名胜亟待抢救》，从现貌、功能、管理、资金投入、改善原住民居住状况等诸方面予以论述，提出建议，很快引起了高层重视。

1986 年，国务院在《关于苏州市城市总体规划的批复》中明确指出："要在保护好古城风貌和优秀历史文化遗产的同时，加强旧城基础设施的改造，积极建设新区，发展小城镇，努力把苏州市逐步建成环境优美、具有江南水乡特色的现代化城市。"

到了 2010 年，苏州市规划局向市政府转呈《关于报批"苏州平江路街景保护整治规划"的报告》，可以看作是全面奏响街区保护改造工程交响曲的前奏。

原平江区政府先后三次召集专家开会，讨论这份报告，对保护整治规划做出评审。与会的六位专家经过争议、讨论，尤其听取了阮仪三教授对街区改造数次讲话所表达的意见，形成了讨论稿（初稿），再逐一征求诸如城建、环保、园林、绿化、消防、电力、供水等部门的意见，把多方面的意见综合起来，最终拟订了这份规划，其要点是：

1. 规划范围

平江路南起干将路，北至白塔西路，全长 1090 米，沿平江河、平江路两侧东西各 30~40 米，规划整治面积共 7.8 公顷。

2. 规划目标与原则

全面保护平江路现有的空间格局、传统风貌和历史环境要素，整治与历史风貌不相协调的一般建筑；保证历史街区的完整性，保持历史街区原真性，维持历史街区的生活的真实性；改造和完善基础设施，改善生活居住环境，促进历史街区的可持续发展。

3. 规划内容

该规划包括建筑与整治引导；外部环境控制引导；环境景观控制引导和详细设计意向等。在现有建筑分类的前提下实行修缮、改善、保留、整修、更新和拆除等六种保护与整治模式；对空间、景观、环境进行控制和引导；对沿平江河、平江路两侧的建筑立面提出了详尽的整改方案。

市规划局对这份报批的"整治规划"进行了认真审核，

给出结论，"其指导思想、原则、总体框架、规划内容与措施是基本可行的，同意专家论证意见，个别之处可在设计和实施中进一步调整、修改和完善"，并对下一步实施提出三条建议：

一是平江路的街景保护整治，要与整个历史街区的保护与整治统一考虑；

二是要制定必要的规章制度和相应的对策；

三是设计单位要参与实施的全过程。

街区旧照

应该说，这份规划的思路具有一定的合理性和前瞻性。当一些城市热衷于大拆大建，以毁坏城市原有建筑生态、林木生态、环境生态片面换取 GDP 时，这份规划却把重点放在12 个字上，"尊重历史，保持原真，保护整修"，完全不走一拆了之、一推完事的老路。专家组在论证报告中，特别强调了"修旧如旧"的原则，换言之，对街区里的老街景、老房子、老铺面、老桥、老井，不是破旧立新，而是分门别类、区别对待，能保留的绝不拆除，能恢复的绝不埋没，能维修的绝不更新，要把最贴近百姓生活的本色老街乃至老街上的烟火气原汁原味地还给历史。

一位古建专家对"修旧如旧"给出一个形象比喻，说它好像就是修复一只青铜器，不是要刮锈抛光，更不是打碎重铸，而是小心翼翼地加以整修，原有的绿锈依然保存，甚至细小裂缝也不做或略做填补，使之保持出土时的原样，"如旧"的文物价值就在于此。

这份规划新鲜出炉后，打印稿在阮仪三等专家手中再度传阅。专家们已经不止一次地详阅规划内容，从字里行间好像看到了南宋碑刻《平江图》将通过现代维护手段立体化地重现它的历史风貌，而不是仅仅停留在碑亭里。这些古建专家深感肩负的城市责任，保护一座具有 2500 多年历史的古城，要做的事情不少，但最根本的就是还原历史、尊重历史，这是守护古典城市最要遵循的原则。

岁月如流水，一过就是 20 个春秋。2020 年的深秋，一个秋雨霏霏的日子，苏州市委主要领导一上任，最先考察了古城区这一片最典型、最完整的历史文化保护区。他兴致勃勃地沿着平江路走走看看，认真察看周边风貌，详细了解它的历史沿革和文旅资源保护利用等情况，饶有兴致地走进全晋会馆，从会馆的古典价值说到街区保护，明确指出：

　　古城是苏州的靓丽名片，一定要保留独特古韵，让生活在这里的居民祖祖辈辈生活下去，同时抓好基础设施更新，让他们享受到现代居住条件和生活便利。

　　坚持保护为先、修旧如旧，呵护古城的肌理和传统街巷特色，倍加珍惜历史街区、古典园林、古建老宅，合理控制传统街巷、水巷空间形态与尺度。要把古城当作一个大景区来规划和建设，统筹实施好文化遗存保护修复、历史街区改造提升、景观完善等工程，确保历史文化的延续和传承。

经过改造，传统宅院已经改变单一的黑白色调，变成园林式精品酒店。在一家名曰"姑苏小院"的酒店里，主要领导实地察看了粉墙黛瓦、青藤红花以及比较完善的内部设施，微微含笑表示赞许，要求继续加强古建老宅的科学利用，让古城涌现出更多标杆文旅项目。在中张家巷，他看到河水开始变清，便询问历年来河道整治工程的进展情况，叮嘱要持续改善河道水质，进一步研究谋划好地下空间拓展等工作，努力让古城环境更优美、设施更现代、生活更智慧。

"姑苏小院" 客栈

地不一样平，街不一样齐，屋脊不一样高，店铺不一样摆，这就是街区自身特色。可以用四个字来概括，那就是"秀"（原生态）、"优"（业态优质化）、"雅"（吴文化）、"静"（灯光轮廓线、音响等是安静的）。这是街区里的老街巷要保持的原有格局。

"江南好，风景旧曾谙"，这是一片不可再生的风景。

对古城保护与城市生态情有独钟的阮仪三教授，对足下这片土地、这座古城、这条老街，记忆尤为深刻，感情尤为真切。他很想在古城区域保护上有一番大作为，所以，不止一次地参与平江街区保护改造工程的专家组讨论和现场踏勘，所提建议与市、区领导的意见不谋而合：

古城是历史遗存，也是生活场所。苏州古城，面积大，方圆 14.2 平方公里；人口多，有几十万现代人生活其中；平江街区文物古迹多，堪称巨大的综合博物馆；经济活动繁荣，是中国较发达的地区之一。在这样的环境中，苏州古城保护与一般的文物保护有很大区别，必须用创新的理念、开放的理念、国际化的理念，与时俱进，有机更新，才能保证古城具有强劲的生命力。

古城是苏州的精华，古城墙、古建筑一定要保护修缮好。古城墙是历史文化名城苏州具有风貌特色和历史价值的标志性建筑之一，是苏州一道独特的风景线，也是苏州人心目中的一个文化符号。这个文化符号不能削弱，更不可以抹掉，要按原样修复后留给后代。三段古城墙（指阊门、平门、相门），除了要修旧如旧，还要结合自身特点，修出各自的韵味，这是我们应尽的责任。

（摘自原平江区规划审议《会议记录》）

　　阮仪三从小就生活在街区的钮家巷里，对老街巷自有一种亲近感，堪称是街区保护改造工程规划的总设计师，也是这项多年工程专家技术团队的领军人物。老人性子耿直，说话爽快，说得最多的就是"平江路是生我养我的地方，我不说谁说"，直来直去，却常常一语中的。他带领他的团队踏勘街区里每个角落，寻访每一条小巷、每一处宅院、每一口老井，走走、看看、想想、说说，不厌其烦，也并不怕得罪了哪一个人。他在专家座谈会和规划审稿会上，充满感情地讲述这条历史名街以及保护改造它的城市责任：

　　一个老城总有几条老街，这些老街就是人们认识这个城市的窗口。

　　老街上大都开着店，这些店铺卖着不同的商品，特别是那些反映这个城市特色的商品，会使你有特别的感触与兴趣。老街上有老字号，挂着老的招牌，老式的门面装饰，卖着经久不衰的老东西，透出历经岁月的沧桑，给人历久弥新的感受。

　　过去的老街是经年累月逐渐形成的，是一家一户建成的，经历了年年岁岁，留下了岁月的沧桑和痕迹，所以一家店是一个样子，从门窗、梁柱、门头都能读得出它的历史。店铺相邻的屋檐，肯定都是高低错落的，进而显得丰富多彩甚至有些杂乱，那像是老奶奶脸上的皱纹，铭刻着岁月的历史年轮，而许多老街经过修缮，把这些痕迹给抹掉了。

这些老城的老街都有自己的独特风格与特色，做规划、做修缮就要发现它，然后认真地保护它，将它的特色发掘弘扬。在历史名城里有些老街被命名为历史文化名街，它留存住了历史，它充盈着文化，这些城市也正是由于有老街、老巷加上文物古迹才被遴选为历史文化名城。

比如历史文化名城苏州，除了小桥、流水、人家，它的街巷更有鲜明的文化印记。我就非常留恋苏州平江路这条历史名街，它是我青少年时期居住生活过的地方，真是一步一个景，一回头就会和一个名人故居擦肩而过。

老苏州城里原有众多的园林和许多空地，我亲历为证。现在满眼全是房屋。要将许多失去的园林、绿地恢复起来。规划图上要画出来。拆掉一些新房子，疏松古城，恢复原有历史遗存记载的园林、绿地。要学学上海开拓延中绿地那样的大手笔，也要学学现在扬州古城里出现百余处私家小园林与传统特色老宅的经验。

扬州人最近拆了新楼重盖老宅院，撬去水门汀，重造老花园。小巷深处又出现池沼游鱼、亭台楼阁，一枝红杏出墙，引得路人的惊艳。老扬州的街坊文化气氛又回来了，老扬州们又有了文化情趣。在这些小花园里谈诗论画，弹琴弄瑟，是城市的文化风骨再现。可以抽空去看看，人家是怎么掌握政策的，是怎样解决许多具体实施中的各种矛盾的。学学扬州的惊艳，让苏州老居民也动起来，真正实现"园林之城""假山假水城中园"的诗情画意。

关于详细规划，城市设计就不能只是排房子，画景观效果图，对于姑苏老城应重视如何继承传统、保护古城的格局和肌理。在保护的基础上延续古城的风貌。苏州老街巷的格局和肌理一定要理解和体会。小巷蜿蜒，庭院深深，河街相间，街巷的转折和进退，形成了空间的变化。过去平江路沿河有河埠，沿河都有大树。我老家钮家巷沿河有很多大榆树、梧桐树，一棵接一棵，粗的可一二人围抱。大儒巷、平江路沿河都有大树，树旁的空间与房邻折角、井栏、坐石，现在全见不到了。以前沿街、临河的宅院全都是排排队的，一个院落接一个院落，大户、小户相插，贫富混居。沿街有一、二进的浅层小宅，也有深院大宅。宅院后有空地、桑园、菜地，更有精美的花园。

钮家巷3号的纱帽厅，5号、7号王氏兄弟宅后有大花园、西大园、东大园，都有大片绿地。再就是31号谢宅花园，还有28号姚律师的花园。这种苏州老宅基形成的古城肌理要研究，如何在新设计中传承，而不是推光了重新布局。

新宅都是几何式构图，老宅改造做得好的还是90年代。

中张家巷重新开挖是按宋代平江图原有格局的重现。我看了工程，做得很好，并考虑到河岸结构与河底生态平衡，既考虑了泥沙泛起，又兼顾到泥底自然呼吸，是一大创造。
缺点是河岸两侧景观配套设计还不完美。

古城里的历史建筑要尽量发挥作用，如卫道观，经过认真地更新修复，现在做苏扇展示馆，但两厢尚没有很好地利用。它里面曾发现有明代的壁画，当时还专门请专家鉴定并做了认真地补画。

我记得我小时候（1945—1949），每年夏天"七夕"左右，城里都会组织很大的道场，各个大庙观搭起高台，晚上灯火通明。道士在高台上诵经作法，简直就是一场精彩的杂技表演。道教音乐也很好听。借助卫道观，我觉得可以将留有的明代壁画加以渲染强化，这本身也是文化要素。

阮仪三妙语"城市责任"，据事说理，中肯实在。他的很多建议为历届市、区领导所采纳。在最初的《苏州历史文化名城保护规划》中，平江街区的主要功能被定位为"水乡特色的休闲旅游"和"居住"，这中间关键词是"水""旅游""居住"，也就是说经过改造的街区既可以让外来游客体验苏式慢生活的休闲，又能兼顾原住民居住生活的延续性和烟火气。为此，不少参与街区保护改造的专家或专家所率领的团队，调阅其他古城改造资料，做了充分的横向对比，有比较才有鉴别。如丽江古城以遗产活化营造独特生活方式，兼顾地域风貌和改造，融入新居民和新经济形态的创新管理模式；南京夫子庙商业街则坚持业态特色，彰显和传承明清文化特征，保护老字号，扩大名牌影响力，以此彰显街区魅力；乌镇老街则突出"水、桥、巷"和"铺、戏、寺"，把具有江南特色的建筑与老街的历史风情结合起来，打造"老街+博物馆"的开发模式。他乡的老街保护模式，对平江街区的保护改造有借鉴作用，但不能照抄照搬，因为平江街区有自身"历史文化悠久、人文底蕴深厚、河巷并行、古宅众多"等特点，所以，最终提出保护改造的"四个性"原则（原真性、整体性、可读性、可延续性）和对街区功能布局的整体策划，其中包括"居住"功能策划、私产转换后的商业业态规划、"休闲旅游"的功能策划，重塑吴文化传统产业的业态定位等。

40年前，原平江区搞文物普查。在入户调查时，文管人员与住户闲聊时，住轿厅的一住户无意中说起以前在轿厅里挂有一块"文起堂"的匾额。文管人员闻言大为惊讶，这"文起堂"是苏州"五百名贤"之一张凤翼的旧居。此公于嘉靖四十三年（1564）中举，为人狂诞，擅长作曲，著有传奇戏曲《红拂记》《灌园记》《虎符记》《窃符记》《祝发记》等，被民间广泛传唱。他还为施耐庵《水浒传》作序，开了中国知识分子为传奇小说写序的先河。据《玄妙观志》载，张凤翼祖居玄妙观前小曹家巷，正是文起堂所在位置。这座老宅坐北朝南，原有三进，现存轿厅、大厅、东西两厢房，整体格局和建筑风格充分体现明代建筑特征。这座典型的江南民居在那年就被列入了保护修复范围。那块"文起堂"的匾额是明代大书法家陈鎏所书，在修复工程中被再度发现。轿厅北面，有一座极为罕见的双面雕门楼，伸出两翼，遂成左右照壁，与大厅相对。修复中，照壁由磨细方砖贴面，下部做成青石须弥座式，下出圭脚，雕刻简练精细，线条柔和流畅。文起堂的堂柱均为独柱楠木制作，修复中对细小裂缝用精细泥灰予以填补，力图保持原样。

文起堂的修复工程对街区后期的保护改造是有益探索。40年、20年、10年后，回过头去看街区保护改造工程业绩和所产生的社会效益和经济效益，尽管区域有调整、机构有变更、人员有流动，但是把历史文化名城核心街区的保护作为一种城市责任，无论是规划还是探索实践都一直在坚守。

街区最大的保护修复工程应该是复建相门城楼及南北延伸的城墙。

城墙是冷兵器时代的军事屏障，后已成为分割城里城外最直观的界线。当宋末元初的平江街区已构成城市规模时，护城河对岸还是大片未开垦和刚开垦的绿野阡陌。当时相门已被填塞，民国二十五年（1936），重开城楼。当时城内内河上架设木桥，名醒狮桥，城外外城河铺设水泥墩13孔木板桥，名新华桥。出城门，是苏嘉铁路的相门车站。不过那时的相门外多少有些荒凉，遍布野岗乱坟，所以苏州老年人有句俗话："不听老人言，走煞新学前。"

走过新学前，登上相门城楼向东眺望，铸剑的炉火早已熄灭灰冷，高高垒起的泥墩是没了烟火气的炉窑，起伏不平的草坡下有分割成碎片的芦苇荡，成群白鹭在苇间飞落，秋

相门城楼

草萋萋，芦花飞白。之后，它就像被遗弃了，城楼屡遭拆毁，城墙成了断裂的一截截土墩，长满没膝深的杂草。

　　20世纪80年代末，在疏通河道时，在相门大桥西堍南侧28米处意外发现了古水门遗址。遗址长14米、宽8米，底部离地表4.83米，整个遗址几乎全部用原木和大型木块平放堆筑而成。水门基础建筑在呈青灰色的土层上，其土质纯、硬、细腻。其基础由楠木竖横交错堆筑而成，共三层。在其中间部上面有两块重达千斤的大青石门臼，两石臼之间相距 3.18 米。北门臼上仅有圆孔，长方形槽各一；南门臼上，门的各种木构件俱全，从而可以看出水门包括水上门和水下门。水下门高 0.72 米，向内开；南面一扇门保存较完整，长 1.85 米，四周用铁皮包裹，北面一扇仅存门梃，可以看到两扇门合缝处微内鼓。门之外有大量的六朝残砖和厚达五层平放的杉木桩。在南门臼外侧为厚达 1.6 米、用略呈红色的砂岩石堆砌的高墙，应为水门的石门洞。经过对水城门的基础碳 -14 法测定，如水门第二层木基础的坚木榫钉楠木，距今约 2000 年，相门水门的建筑断代应该是汉代。

对于城东的这座城楼是否要复建，当时就有不同看法。一种意见认为，从娄门到相门到葑门的这段城墙已然残缺不全，相门城楼也只剩下残砖碎瓦，没有必要再去复建一个假古董般的城楼；另一种意见恰恰相反，认为相门是苏州古城楼之一，尽可能恢复其原貌是对历史负责，也是城市管理者应该肩负的责任。

古建专家罗哲文得知关于修复相门城楼的不同意见时，从京城来苏考察，刚下火车，没顾上去宾馆喝一口茶，就匆匆地带上助手到相门废城墙下转了转，回到相门桥上，他拢起手指，眯缝眼睛，用距离分割线的方法对城河、河岸、城墙进行目测。事后，他如实陈述自己的想法，风趣地打了一个比方：城市缺失一座城楼，好像一个人缺失一颗门牙，一张嘴就能看见，脸形也会收缩，看上去很不舒服。让牙医装一颗门牙，无论是金属的还是烤瓷的，肯定是一颗假牙，但装上这颗假牙，脸形就丰满了，整体形象就大不一样了。所以，相门城楼不仅应该复建，而且要建好。

专家的意见坚定了城市决策者的决心：在这片泥泞的废址上复建相门新城楼。

城建规划局对复建相门城楼、城墙的诠释同样令人信服："古人造城墙是防御工事，我们是重建文化。相门古城墙应该作为一个文化符号，作为一种旅游资源，作为环境整治的一部分，通过保护修缮，达到传承历史、发展旅游、保护生态、整治环境等综合效果。"

2011年9月，复建城楼、城墙的工程开始了，打造的是综合性的"相门城墙景观工程"。城墙景观段南起相门桥，北至耦园东，西接平江街区，占地面积32200平方米，城墙总长725米，城楼高23.6米。城墙上复建马道、雉堞、女墙、瓮城、水陆城门等。

早期城墙最原始的营造方式是版筑夯土，如同孟子在《孟子·告子下》中所言"舜发于畎亩之中，傅说举于版筑之间"。这里的"版筑"就是夯土技术，先将城墙的长宽尺寸丈量确定后，用两块板子固定，选择土质优良的泥土填入，铲平，用夯具夯打，再逐层撒泥逐层夯实。在前期修复城墙时，就在遗址中挖掘出两块保存完好的夯土，是采用树胶管注到夯土里再夯实的，极为坚固，足见古代工匠之严细精神。这两块古代的夯土成为展览教育后人的物品，也激励后代工匠复建城墙、城楼，更要一丝不苟。

复建城楼的工程日夜施工，住在仓街上的陈大头也没闲着，有空就到工地上来转转，问问工人们："我家铺在天井里的这些城墙砖，你们啥辰光来收走呢？"

陈大头的祖上是苏北兴化人，清光绪年间因里下河水灾坐船逃难到苏州，就在城墙脚下把船翻过来成为"滚地龙"住下，经过几代人打拼，才盖上瓦房安顿下来。他在仓街上是有点儿小名气的。50多年前，一到秋天，老街上就时兴斗蟋蟀（苏州人叫"赚绩"），大头养有十来只蟋蟀，头黑尾尖，咬口都十分厉害。与他的蟋蟀斗，咬不上几个回合就会败下阵来。他的蟋蟀盆里充满瞿瞿瞿的得意叫声。大头的蟋蟀都是从相门城墙脚下的毛豆田、辣椒田里捉来的。半夜三更，他就拿支手电筒到城墙上去转悠，两只耳朵贼尖，一声瞿瞿的叫声再低微，也逃不过他的耳朵。

陈大头最大的收获是从城墙上拆回家不少城墙砖头，铺在天井地上，落雪不滑，浇水不积，砌成台子还能洗衣裳。

1958年，苏州像全国其他城市一样干劲十足热度飞升，急切地想着一夜跨入共产主义。就城市规模来说，人们急切希望打开大门，让古城尽快长高长大。与此相配的就是动员民众，大张旗鼓地拆除城墙、扩展道路，打开城市门户。陈大头晚年回忆说，"我那时年轻力壮，从位于卫道观前的街道工厂下班回家，饭碗一放，就去参加扒城墙的义务劳动，干得十分卖力。因为大家只有一个目标：古城要长大，大门要打开，城墙最是束缚城市扩展的障碍。一根扁担，两只箩筐，爬上爬下挑城墙泥，拆下来的城墙砖用卡车一车车运到盘门、胥门去砌炼铁的小高炉或者就倒在野地里。"

那年头，相门城墙下，不分昼夜地大干快上，工地上灯火闪亮，繁星点点，从葑门到相门到娄门连贯的城墙就像一部被拆散的厚重线装书，满地都是抛撒的书页。陈大头多了个鬼心眼，看看这些城墙砖不碎不裂，可以运点回家铺地搭台的。他借辆小板车，偷偷运回家十几板车城墙砖用来铺砌天井的泥地。左邻右舍看见后都笑他"戆大"，这种拆下来的烂砖头没人要的，运出去还要付运费呢。

陈大头不是戆大，因为他挖回家的城墙砖，被人踩来踩去半个世纪，表面依然平滑光亮。他最能吹嘘的是挖相门城墙时，挖到过几截类似枪头的铁器，还有一支折断的箭矢，不知道是南宋金兵攻城时失落的还是太平军占领相门时留下的。时光不知不觉过去了半个多世纪，到2012年重建相门城墙、城楼时，他已经是奔八的老人了，头发完全白了，腰背也直不起来，走路要拄竹节拐杖了。他还是念念不忘当年拆城墙时的热闹景象，锹挖筐抬，挑灯夜战，说起城墙脚下的蟋蟀更是不肯歇嘴。城墙重建方希望陈大头把铺在天井里的城墙砖捐出来，他二话没说，就让工人把城墙砖一块块从天井里撬走去砌进重建的相门城楼。

老人临终前脑子不灵了，今天的事都忘光了，拆城墙这

相门夜景

段往事却还牵记着："相门不该拆掉的……要重建了，我看不见了……我好像听见城墙脚下有瞿瞿瞿的蟋蟀叫声呢……"

相门城楼在护城河边高高站起来了，与北面的娄门城楼遥相呼应。苏州市政府在 2017 年 7 月特地立碑记事：

相门，古作"匠门"，又名干将门。《吴郡图经》："将门者，吴王使干将于此铸宝剑，今谓之'匠'，声之变也。"

后又讹"匠"言为"相"，遂称"相门"。相门有水陆两路，水路通大海，沿松江，下沪渎，为水上交通要道。民国二十六年（1937）日寇侵华，相门封闭。新中国成立后，城门被拆除。2012年国庆前夕，重建相门城墙城楼，并对外开放。

　　陈大头没有看见竖在相门城楼下的这块立碑，更不会想到在城楼中间还内含了一个"城墙博物馆"。博物馆分上下两层，面积近1400平方米，分"序厅""城纪千年""城门故事""城里城外""城头记忆"和"城墙复现"六个展厅，展示苏州古城墙的历史变迁和考古成果。一块块似乎还沾有黄泥的城墙砖，可能也有陈大头捐献出来的某一块，都像沉默无语的历史见证者，生动地诉说着古城墙的前世今生。修复好的相门城墙，大约用了40万块城砖，其中大部分为陆慕御窑烧制，还有一部分则是像陈大头这样的热心市民所捐赠。

　　相门城楼站起来后，十多位文史学者相聚在城楼上，兴致盎然地为城楼撰写匾额，最终是潘君明老先生所撰"钩邑相徽"最为贴切而被选用。这四个字，"钩"取自吴钩越剑，暗指干将莫邪在此炼剑；"邑"为城池的意思；"钩邑"反映的是相门历史特征；"相"和"徽"都有美好的意思，其中"相"又借指这座城楼。城楼上，还有一副大型对联，上联为"古堞标分野，牛斗垂天，有龙光夜射"，下联为"雅韶绕画梁，闾阎扑地，看紫气东来"。"古堞"指古代城墙，"分野"指与星次相对应的地域，我国古代占星家为了用天象变化来占卜人间的吉凶祸福，将天上星空区域与地上的国州互相对应，称作分野。"牛斗"指一种天相，"垂天"一词出自《庄子·逍遥游》，指非常明亮的意思，牛斗垂天即指非常美好的地方。下联中，"韶"指一种乐器，"间阎扑地"出自唐王勃《滕王阁序》，形容房屋众多、街区繁华。

要饱览姑苏城的古韵今风，登上古城墙是一个不错的选择。

从气势恢宏的相门城楼向东遥望，时尚的环球188、东方之门等摩天大楼高高矗立，回首是小桥流水的街区美景。由于城楼多用老石材、老墙砖，所以整段城墙藤葛蔓蔓，苔色斑驳，极具古典沧桑感。

伍子胥规划阖闾大城前曾经"象天法地，相土尝水"，起造六城门的大小格局，大约也是与古城廓相适应的。急于让古城长大长胖长高，打破古城廓的布局，结果是缘木求鱼得不偿失。改革开放后，城市管理者终于学得聪明了，最初的"一体两翼"（工业园区、高新区）发展思路是把文章做在城外，把现有的苏州古城悉心留存和保护下来，成为名副其实的"东方威尼斯"。参加平江路保护改造工程规划设计的专家曾经风趣地说，意大利水城威尼斯因为其"古""水""桥"和宗教文化特征，每年前来观光的世界各地游客络绎不绝，文旅经济收入完全可以比肩米兰、都灵、热那亚等工业城市的GDP。如果苏州的古城楼、古城墙依然保持不变而留存至今，古城内河道疏浚后可通游船用作交通，修缮后的街巷民居保持苏式的民俗风情，那么，苏州就是中国独一无二的保留完好的古城，它的文旅经济绝不亚于其他项目。

入夜，相门城楼上环绕灯链与天上的星子交相辉映，勾勒出古城墙的秀丽身姿，更显出历史文化名城的风采。从老街巷到古城墙，从拆毁到复建，我们终于懂得"留下"所应承担的城市责任，这不能不说是在治政理念上朝前跨出了一大步。

2021年初，《苏州历史文化名城保护专项规划（2035年）》发布公示，不仅肯定了包括相门城楼在内的平江街区作为古城核心保护区的历史和文化定位，而且对保护水陆并行的街区格局、古建肌理、园林风貌、生态旅游、商业业态等提出了多项指标。

规划中明确框定平江街区是古城的核心区域，城河围绕城垣，呈现"水陆并行、河街相邻"双棋盘城市格局，"小桥流水人家"的江南水乡城市风貌保存基本完整；苏州园林和古城内水系关系密切，水影响了园林选址、理水手法和园林景观，苏州古典园林是世界著名文化遗产；清后期"一府三县同城治"的古城城市行政功能布局独具特色，相关遗迹保存较多；塔殿相峙、以点控面，生动而有韵律的天际线形成了古城立体轮廓空间；一城粉黛，半城园亭，园林融入苏州古城城市空间。街区是淡雅朴素、粉墙黛瓦、尺度宜人的院落式江南民居的典型代表地，现存各类建筑遗产对古城历史景观与肌理的延续起着重要作用。

　　规划还明确了包括街区在内的古城保护目的："为加强苏州历史文化名城保护，落实国家文化发展战略，保护和弘扬苏州地方优秀传统文化，延续城市历史文脉，保留中华文化的苏州基因，推动优秀传统创造性转化、创造性发展，彰显苏州名城价值特色，凸显苏州文化自信。"

　　规划对老街区确定了24字的保护改造原则："全面保护，专业保护；合理利用，有效利用；特色发展，协调发展。"从现在起到2035年，还有十几年时间，这是一个"城市责任期"。街区保护改造的内容更丰富、工作更细致、前景更灿烂。

八 留住市井烟火气

中唐三朝元老贺知章年过七旬辞官归乡，遥望村庄飘起的袅袅炊烟，立马吩咐"停轿"。老人掀起轿帘，眯起老花眼，对故乡凝视许久，全然陌生了，脚步竟也迟疑了。他在《回乡偶书》中感叹："儿童相见不相识，笑问客从何处来。"他虽然脸带微笑、乡音未改，但心境一定是惴惴不安的。

后来的贬官宋之问在岭南归乡时所写《渡汉江》中说得明白："近乡情更怯，不敢问来人。"游子归乡，脑子里转悠最多的就是记忆中的市井烟火气，担心长期在外而淡漠了、疏远了、间离了，因此产生近乡情怯的微妙心理。

古建学家罗哲文先生慢条斯理地走在平江路上时，有一位跟随报道的晚报女记者曾悄悄问他，罗老师，何谓市井"烟火气"呢？罗先生哈哈大笑说："就是街区老百姓的

113

柴米油盐、衣食住行啊。"它是对老街区生活的一个比喻。各地的老街区,各有各的烟火气,生动而真实。比如皇城根下的京味烟火气与我们江南古城里的烟火气就不一样,黄土高原上的烟火气与海滨渔家的烟火气也不一样,就是同在江南水乡,秦淮河畔的烟火气与洞庭太湖的烟火气也有很多不同。它是相当长一个时期内,人们的生活习惯、习俗、喜好、状态等形成的综合性地域因素。

古建筑的保护、文物的留存,这都是看得见摸得着的,做到完善似乎并不困难,但是留住烟火气就涉及物质和精神两个层面,而且是要靠岁月磨炼的,这就有一定难度了。街区是世代百姓安居乐业的地方,市井烟火气自然会打上自身特有的乡情印记,也可以说是老街记忆中最为深刻的部分。它涵盖自然生态和人文生态两个部分,自然生态体现街区的外在环境,人文生态反映街区的内在文化。保护古城的人文生态,讲述古城历史,传承古城文化,延续古城原住民的生活方式和传统习俗,让街区体现更多的乡愁味道和值得回味的原生态内容。

住在平江河畔老宅深院里的摄影家张老师对街区的"烟火气"记忆犹新,对老街的感情可以说浓得难以化开。他少年时游过河,青年时下过乡,中年时下过海,走南闯北,到过域外许多地方,充满艺术灵性的镜头里有吴哥窟的佛像、多瑙河两岸的古堡、埃及沙漠里的金字塔,还有斯里兰卡的野象、肯尼亚国家公园里的狮群、澳洲森林里的考拉,但他最牵记的还是从小生活的充满烟火气的百姓生活氛围，尤其是坐在小巷里"乘风凉"时，左邻右舍聚在一起其乐融融的情景。

一个甲子过去了，张老师两鬓已有白发，虽然搬去园区居住多年，他有空就要开车回来看看。前几年每到黄昏迟暮，他都会牵着一条叫"阳阳"的哈士奇狗，在石板老街上慢慢溜达。他最舍不下的不是几间老房子，而是过惯了坐在天井里晒晒太阳、喝喝东山碧螺春的散漫而自在的惬意日子。像他这样的50后，黄昏更重夕阳红，对于老街区的感情

平江路街景

至深是不言而喻的。关键是那样一种生活味道，不是在别处可以觅得的，是生活方式还是生活情趣，是看得见摸得着的还是只可意会难以言传的生活记忆，好像各有各的理解。

月色朦胧，笼罩着街区蓊蓊郁郁的树冠。树后的小窗里亮着橘黄色的灯光，飘来几声笑语。踩着浅霜一样的月光，断断续续的脚步声走过，从脚步声中居然有人能辨别是邻家的哪一位回家了。那时，邻里之间低头不见抬头见，一向客客气气，哪家遇上婚丧嫁娶之类的大事，只要言语一声，大家都会主动过来帮忙；若有人家难得包一顿荠菜鲜肉馄饨，也会端上热气腾腾的一碗给邻家送去。有一年过年，邻居黄家领回报纸那么一大张备用券，买木耳、黄花菜、松花蛋、海蜇、粉丝、蛋黄花生、糖年糕等过年食品都要凭票供应。当家人把备用券的1号券、2号券、3号券……直到30号券，分门别类剪下来，出去采购物品就带上相应的券。哪晓得手忙脚乱时，把12号券弄丢了，这就意味着今年过年那家人吃不上1.2斤粉丝了。大家看这家当家人着急上火，就把自家的12号券剪下一张来悄悄地匀给他。这简直是雪中送炭，他感激万分。银亲眷、金乡邻，邻里之间和睦相处，这样情感浓浓的市井烟火气特别令人留恋。

若干年后，街区里有几条巷子的居民"腾笼换鸟"搬迁出去时，都会忍不住抱在一起落眼泪，实在舍不下的其实就是这种市井烟火气。很多老年人印象更深的还是童年街区。说起半个世纪前的记忆，他们总是兴致勃勃，随便哪一天的生活杂记好像都是这样鲜活地展开衣食住行的生活面——

早晨，薄雾尚未完全散去，小巷里就有人家在生煤球炉，一把破蒲扇啪嗒啪嗒地扇着，呛人的青烟弥漫半条小巷。走过几家门面，一家大饼油条店开始起锅热油了，小伙计在案板上吭哧吭哧地揉面团。

油条店对门是人家的备弄边门，门开了，早起的老茶客搬了张竹椅坐在门口，手里托着一只紫砂壶，壶里泡的可能是苏州东山的明前炒青或者杭州梅家坞的龙井茶。

葑门塘的菜农挑着满满一担篮时鲜蔬菜，嘿哟嘿哟地从葑门或相门进城了，那碧绿菜叶上的露滴还没有干。太阳照例生机勃勃地跃过傍河而筑的古城墙，阳光透过香樟树隙洒在人家的屋脊上和古桥的桥栏上。

条石路上有脚踏车丁零丁零滑过，上早班的年轻人陆陆续续出门了。

沿河的条石路上嘎吱嘎吱走过一辆平板车，上面整齐地码放着五六只马桶，拉板车的阿嫂扯起公鸭嗓喊："倒马桶哉！"

巷口的井台边有几个阿嫂在洗衣衫，一边放下吊桶从井里吊水，一边说着东家长西家短的闲话，说到快活处就咯咯咯笑上一阵，笑声与井水一起飞溅。

一只野猫跳到屋脊上，喵呜喵呜叫着。

大儒巷、菉葭巷的商铺开始卸下"塞板"做生意了，巷尾的菜场已经蛮闹猛了。离菜场不远处往往总有两三个卖早点的，或是卖糍饭团的木桶，或是舀豆浆的面缸、煮馄饨的炉灶，大饼油条的香味早已弥漫半条小巷。面店里的头汤面刚刚出锅，店小二的吆喝声此起彼伏："来哉，鱼肉双浇，二两半一碗，重青！"

到太阳翻过苑桥的石栏杆时，菜农们三三两两扛着空担篮回来了，就在老街上的茶馆里坐一坐，泡上一壶茶，与老乡邻扯扯"山海经"，或者到面馆里要上一碗葱油喷香的阳春面，吃个热气腾腾。"早上皮包水，晚上水包皮"，这样的烟火气从南宋时就传承下来了。

河边，山地货行的货船泊岸了，卸下舱里装的来自天目山的新笋、广德和长兴山里的菌菇、黄山脚下的茶叶，甚至还有远在渤海湾营口的海蜇头。

岸上，偶尔有来自虎丘山下的老太，头裹一方蓝布巾，手上吊一只摊篮，用一块湿毛巾垫在篮底，上面整齐地铺满白兰花、茉莉花、栀子花，用略带点沙哑的糯糯乡音沿街叫卖："阿要买白兰花、栀子花……"乡音伴着花香，在大街小巷里蔓延开来，于是半个街区都被花香浸润了。

午后，老街上的几所会馆里开始唱堂会，唱评弹、昆曲、锡剧、沪剧的都有。

街面上停下来一挑骆驼担，宛如一个微型厨房，一只汤锅里煮着老街人最喜欢吃的桂花赤豆糖粥，还有一只汤锅水滚开后等待下的酒酿小圆子。

黄昏时分，落日余晖洒在桥头、船埠、屋脊、街沿石上。几处散落的摊头上有卖糟鹅、酱肉、熏鱼、熏肠、猪头肉的，各种卤菜逐一登场，一块砧板，两只瓦罐，都用玻璃罩着，罩不住的是馋人的卤香，飘溢了半条街。

天傍黑了，巷口只剩下一盏昏黄的路灯眨着惺忪的眼睛。

相门码头上，一只夜航船悄悄离岸了，船尾的"行灶"还闪着点点火光。

有个老妇敲着搪瓷碗走在老街上，一边走一边喊着："天皇皇，地皇皇，我家有个小儿郎……"

过去的岁月，老街的风情，熟悉得就像自己的手掌纹一般。然而，日子过去了就过去了，再也难以唤回，即使重现暗香浮动的黄昏，绽开的未必就是隔年的夜凤仙花。

你到街区里随便走走，偶尔在一棵香樟树下看见有人坐在竹椅里，捧一把紫砂茶壶笃悠悠吃茶，不用问，他准是原住民。苏州盛产茉莉花茶，但苏州人的茶壶里很少飘出茉莉花香，有钱的可以喝洞庭碧螺春、东山特炒、西湖龙井，还要讲究是雨前、明前的采摘期，囊中羞涩的就喝普通的炒青茶、茶末子。吃茶的习俗始于唐末宋初，成为街区居民的生活特色。吃茶名堂不少，有吃早茶、会友茶、商务茶会、吃讲茶等。其中的吃讲茶，主要是排解邻里纠纷、行业冲突的一种调解形式，由街区里有威望、有身份的人出面，约定矛盾双方在茶桌上见面，然后进行评理、仲裁、调解、劝和。

"水包皮"不仅是喝茶，还有早餐的一碗苏式面，这也

平江路夜生活

是街区特有的商业业态。苏州人吃面讲究"清、鲜、爽"，有盖浇与过桥（面浇头另外盛在碟子里）、紧汤与宽汤、重青（多放蒜叶）与免青（不放蒜叶）之别。过去开在大儒巷、菉葭巷里的面馆，门面不大，几张八仙桌，早市却特别热闹，总是挤挤地坐满人，跑堂右肩上搭一块毛巾跑进跑出，迎客送客，端面收碗，不时关照厨房里下一碗面的叫法"硬面、紧汤、免青、过桥"，就有不少名堂。

揉揉脑门，伸伸懒腰，去街巷里走走吧。一川烟草，满城风絮，梅子黄时雨。便是这样的季节，走在街巷里，也可以沾染一点儿江南诗意的。若有若无，若阴若雨，牵牵连连，绵绵不断，天色总是那么忧郁，宛如蒙了一张宽阔而温热的灰布。空气显得多愁善感，炊烟潮润得难以升腾，只能化作雾霭匍匐而行，弥漫而久久难以化开。

沾衣欲湿杏花雨，吹面不寒杨柳风。那是高空暖气团与冷气团相交、相知、相爱、相恨的结果。冷气团迟迟不肯离去，暖气团偏又相当活跃，于是就产生了这样暧昧的雨。

缠绵也罢，暧昧也罢，丝状般的雨只是悄然无声地漫飘着，滴落着，这儿湿了，那儿润了。空气湿度饱和到了极致，好像随便抓一团空气就能拧出水来。有时它左右着人们的心理，多少会产生像天空一样的灰色或带点儿青梅味的酸涩。

小楼一夜听春雨，深巷明朝卖杏花。再出几个大太阳便入暑了。最能体现街区民俗风情特色的莫过于夏夜"乘风凉"的形式和内容。形式变化不多，舞台就是离自家街沿石不远的范围，或靠近避阳近风的山墙脚下或略为宽阔的河边为佳，三五成群或坐或躺乘风凉，演绎的是一种生活形式、生活状态，其中既有苏州人赤膊上阵，摇摇芭蕉扇"心定自然凉"的悠然心态，又有围坐在街沿石上昏说乱话的市井习俗的沿袭。

苏州的夏天是真正的夏天。摸摸墙壁，烫的；摸摸水缸，热的；屋檐下，街沿石，在火烧般的晚霞里冒着丝丝热气，人待在屋里就像钻进了一个大蒸笼。灼热、闷热、酷热，好像划一根火柴就能把周围空气点燃。这时，左邻右舍就会被暑气赶到小巷的山墙下、桥堍边、风口处来乘风凉。勤快的女主人往往会吊上几桶井水泼在地上，泼得湿湿的，像刚下过一场雷阵雨似的，地上立马透出丝丝清凉。人们把竹榻、藤椅、条凳、马扎一一搬出来，约定俗成地搁在昨夜搁过的地方，一边摇着蒲扇、折扇，用井水凉过的毛巾擦着额头冒出的汗，一边聊着白天看到的新鲜事、有趣事。

好学的女孩子会捧上一本童话书，坐在路灯下，文文静静地看着。她于是成了榜样，大人们会数落自家的小囡："你看看人家多有出息，你一日到夜就晓得疯玩！"

张老师记得儿时的夏夜总是星光满天，那星星多得像蓝宝石一样镶嵌在天上，离得很近，特别明亮，仿佛一伸手就能抓下一颗来。头顶上，是夜游者蝙蝠的舞台，黑压压，密匝匝，成群地星空下飞舞，乌云一样飘来飘去，吱吱吱的叫声回荡在街区上空。到了月亮懒懒地爬过屋脊时，一些夜栖的蝙蝠无处可去，就将它们的头颈朝其胸脯弯曲，倒挂在树枝上，密密地排成一串。它们的狂欢结束了，夜空复归宁静。穿堂风吹过来，捎来一点清凉。有几个小囡趴在竹榻上睡着了，疲倦了一天的大人坐在旁边打着扇子来驱赶蚊子。

鬼故事，传统的或现编的，总是夏夜乘凉时不变的节目。尤其是坐在攀满"鬼馒头"藤叶的围墙下，阴森森的气氛给故事蒙上了恐怖情调。"鬼馒头"结出的果子有拳头那么大，墨绿色的，躲闪在椭圆形的藤叶里，风吹过就会发出嚓嚓的声响。七八只凳子在藤墙下聚集成一圈听鬼故事，说故事的人并不是固定的，今天是你，明天是我，但能把故事讲得最吓人的总是最受欢迎的。胆小的女孩子往往不敢往圈里钻的，而圈里的男孩子往往也会吓得不敢回家，直到大人扯亮嗓门喊："小赤佬，睏觉哉！"这才意犹未尽却又胆战心惊地回家去，不敢穿过黑乎乎如山洞的备弄，就哭丧着脸叫大人："快点开灯啊！"

到了夏夜，有心的邻居还会把西瓜装在网兜里，系上一根井绳，慢慢地把西瓜放入井水里，沉入水中"冰镇"。到傍晚时，把井里的西瓜拉上来，剖开，露出鲜红的瓜瓤，咬一口又凉又甜。那种冰凉爽口的吃口绝不是冷藏在冰箱里可以比拟的。小巷人吃的西瓜都是相门或娄门外的农民摇船送上门来的。一条装满西瓜的小船从河上摇摇晃晃进入平江河，瓜农就在临河的后窗下叫卖："买西瓜啊，平湖西瓜、

124

普陀佛瓜……"听见叫卖声，左邻右舍都会拎个大网袋或大竹篮出来。自以为有挑瓜经验的人会跳下船，帮邻居挑瓜。瓜蔓不能挑枯的，那可能是死瓜、僵瓜；瓜脐要挑小的，凹进去的，说明瓜熟了；瓜纹要挑清晰的，瓜形要端庄的，这样的瓜肯定沙甜沙甜的。

夏夜的风就在这样年复一年的烟火气中吹过去了，天也渐渐凉爽起来。

习惯成自然，市井烟火气的形成离不开市井的特定环境。它是下里巴人的最爱，一般难登阳春白雪的楼堂。比如苏州小吃中的油汆臭豆腐干，俗称"小金砖"，摊头大多摆在街头巷尾，一只煤球炉子、一只深底油锅，汆煎的臭豆腐干如小块金砖整齐地排在油锅的漏网上，皮色金黄，酥而不碎，有嚼劲，再抹上一点儿平望产的红辣酱，夏天就餐特别开胃。一包花生米、一碟豆腐干、一只"手榴弹"（2两半瓶装糟烧酒），往往是街巷里不少老酒鬼的夏餐标配。比如秋冬时节有油汆萝卜丝饼，过年时则摆只炉子做春卷皮子，一个面团粘在手掌里，在热烫的圆铁板上一抹一揭，一张圆形的皮子就做好了，买一斤大约有60张。裹上荠菜肉馅儿，在油锅里一煎，春卷外脆内鲜，特别好吃。这些都是沿街设摊的苏式小吃，随买随做。它是街区原住民习惯的味道，到了那个时节就会牵记这原汁原味的烟火气，而这烟火气也自然会飘过来，好像约定俗成一样。

20世纪80年代初期，住在胡厢使巷马家墙门里的马家

朝廷使港口三吴亭

少爷唐纳（那时他已更名马绍章）带着家眷，从法国归乡寻亲，最后一次到他少年时住过的老房子里来走走看看。车进仓街，过中张家巷口时，老人忽然闻到了久违而熟悉的"市井烟火气"——有一个油氽臭豆腐的小摊就摆在巷口，油锅里刺啦刺啦翻滚着金黄色的臭豆腐干，飘出的浓烈豆香很远就能闻到。老人急忙摆摆手关照停车，吩咐家人去买几块豆腐干过来。他拿起一块，嚼了一口，心满意足地笑了："还是我小辰光吃过的味道。"久久埋在他心里的浓浓乡情，一下子就被这烟火气激活了。

时过境不迁，街区虽然随着人员的迁徙流动，外来人口已占到一大半，说话南腔北调，口味西辣东甜，但是作为传承千年的市井烟火气，无论是有形的还是无形的，我们都可以在"包容"和"影响"上多做文章，用苏式市井烟火气去影响非原住民，而不是把老街区变成不伦不类的杂居地。

不仅仅是衣食住行等生活习惯的本地化，还有街区里崇尚文化、邻里互助、乐于公益等道德层面的正能量因素，也是市井烟火气中的内容——这是所有街区里的原住民和非原住民应该履行的城市责任，这或许是最难做也最细致的实在事。

有志于民俗学研究的钱杏珍深谙其道。她已是77岁高龄的老太太，眼不花，背不驼，腿不慢，说话时脸带微笑，精气神十足。她对前来拜访的人说得最多的一句话就是："我是苏州人，留住苏式烟火气是我的责任。"2015年5月，她咬咬牙租下位于平江路北的联萼坊大院里四户住房，花钱聘请设计师设计装修成苏式住宅，把自己收藏的具有苏州民俗特色的东西一一搬到联萼坊里来，办起了街区里首个"姑苏联萼坊人家"，内设客堂、书斋、织绣房、旧家具观摩室、喜堂、膳房等，烟火气浓浓、原汁原味的苏式生活不仅是展示，而且游客可以参与互动。

亲戚见她花这么多钱来"做旧"，既不像做生意，又不像搞研究，颇为不解地问她这一切为啥。钱杏珍坦然一笑，随意地说："退休前，我长期做文化工作（曾任戏曲博物馆副馆长），退休后，就想着找点事情做做，让自己的精神生活更加丰富多彩。街区改造后，要展示苏式建筑、美食、手工艺品，这都是打出了苏州牌。我认为最重要的还是要有原住民传承下来的生活方式、生活味道、生活情调。看到外地游客乐意在联萼坊里闻闻街巷的烟火气，我心里就很开心。向游客，特别是年轻人推介传统苏式生活，这是我的义务和责任。"

每逢传统节日，钱杏珍会跑东家走西家，忙着组织志愿者在街区宣讲吴地民俗文化知识，游客听得津津有味。她以七里山塘的七只狸猫为题材创作了人偶剧《七只狸猫》，参演的老人平均年龄62岁，最大的75岁。这个"老好婆剧组"先后到沧浪实验小学、浒关中心幼儿园等去义务演出了七场。好婆们穿上人偶演出服，在舞台上演绎精彩的苏州民俗故事，孩子们看得手舞足蹈，入戏深的几个孩子竟然激动地站起来，跑上舞台为弘扬正义的七只"狸猫"鼓劲。为了排练这场人偶剧，钱杏珍自掏腰包2万多元。有人说她这样做太不值得。她说太值得了，看到孩子们这么开心，七嘴八舌地问她吴地的民俗文化故事，她花这点钱是值得的。

在联蕚坊留缘厅的婚礼喜堂里，钱杏珍按旧时苏州习俗布设一间喜堂，婚柬、婚牌、婚碗、婚纱等物直观展示，墙上挂一张"百年和合"图，拜天地的垫子上放着寓意"传宗接代"的棕袋，四周摆着装新娘嫁妆的枣红漆箱，桌上摆有果盘，甚至连旧时婚俗中的"求""允"等黄铜牌以及办酒席的账本等都一概俱全。她说民俗也是一种民间文化（当然不少已经被时代淘汰），知道一点儿旧时民俗文化，增加一点儿历史知识，对街巷的烟火气就会感受更加真切。比如讲到旧时婚俗，名堂就不少。婚前，先要纳币，苏州人叫"送大盘"，即男方给女方送绸缎钗环等物，这天称为"导日"。迎娶日称为"正日"，男家备花轿（在苏州水乡常用荡船）迎娶新娘。之前，新娘要"开面""结发"，梳妆打扮停当才候娶。嫁轿进门后，全家及亲友都要吃甜圆子、莲心等，以图吉利。婚礼由"掌礼"唱仪，"鼓手"吹打，新娘走红地毯进入喜堂"拜堂"，夫妻跪拜天地、和合，对内四拜，对外四拜，相对四拜。主婚人（又称相公）送上"天地子"后，新人相坐在花烛下，两边的掌礼对唱颂词，叫作"做花烛"。然后，由四位本姓亲友，举着花烛送新人入洞房，这时厨子要用苏州话高喊三声"饭镬潽"（饭锅满出来的意思）。新人入洞房后，还有挑头巾、踏布袋（意为传宗接代）、坐富贵、喝交杯酒等习俗。随着时代进步，这些节庆习俗已被抛弃或淡化，但作为一种旧时文化还是值得研究的。钱杏珍讲解旧时婚俗，边说边演示，说得非常风趣。一对从河北来的情侣走进喜堂，赞不绝口，说他们看到了百年前苏式婚礼的样式之美。

更绝的是织绣馆，摆了一台古董缂丝机，游客不仅可以触摸、可以拍照，而且可以坐下来学习缂丝技艺，她还特地聘来专业织工进行教学。有几个来自杭州的青年游客学做缂丝，开心极了，说他们以前听专家讲传统文化享有的只是"耳福"，今天在联萼坊是亲身体验了。

传承民俗特色工艺，是钱杏珍有意设计的一大特色，内容除了婚俗、缂丝、蚕桑外，还有苏式点心制作。她曾经策划过这样一个"品味老苏州生活之旅"：上午，在老苏州陪同下，游客闲步或坐船看平江路的小巷古桥，听老苏州讲平江路的老故事；中午，回到联萼坊，游客跟着老苏州一起制作品尝苏州点心，如馄饨、汤团、米糕等；下午，可以边品茶边和民间老艺人学习线编、刺绣、缂丝等工艺；晚上，吃过苏式晚餐后，欣赏昆曲、评弹、古琴，甚至可以学唱互动。拿她的话说，联萼坊就是要让游客走走平江路、闻闻烟火气、听听老故事、做做小点心、学学手工艺、吃吃苏帮菜、唱唱苏昆戏。

联萼坊是原住民集中居住的大院，院外有座庙，院里有口井，左邻右舍相处融洽。逢年过节，钱杏珍兴致勃勃地带着老邻居一起烧起旧煤炉，一把圆勺、一块猪油、一碟肉酱、一碗蛋汁，用传统方式做苏式蛋饺。端午节，老邻居快乐地聚在一起包粽子，三角粽、灰汤粽、鲜肉粽、豆沙粽，一只只小巧玲珑的苏式粽子飘溢粽香，纪念的是吴地先人伍子胥。

"上灯圆子落灯面"是苏州习俗，意思是正月十三"上灯"这天，家家要吃汤圆；正月十八"落灯"这天，要吃面条。居民们在元宵这天用糯米手工制成汤圆，再配上豆沙、鲜肉等各类馅料，配上汤水聚餐食用，别有一番美味。十多年来，每逢正月十五老人们都会相约在院子里做汤圆，因为自己做的汤圆吃起来香，闻起来更有烟火气。

联萼坊里有一条数十米长的绿竹廊，社区老人最喜欢到这里来喝喝茶、聊聊天、唱唱曲，凡人小事，聚在一起欢乐多，竹廊一端得意扬扬地飘起一面旗帘，上书"姑苏联萼坊人家"。既是寻常人家，那就有人家的烟火气，它是最有凝聚力的，可以把原住民凝聚到一起，把过去的记忆与现在的生活凝聚到一起。

九 『腾笼换鸟』的眼光

"腾笼换鸟"，是街区居民对控保改造工程的一个形象比喻，意思是说对这些具有传统文化价值的老房子的维修改造不同于以往一拆了之的简单粗暴办法，而是把居民分期迁走后留下老房子，按原来的建筑样式加以修整加固，使之得以长久保留下去。

"换鸟"的目的是"腾笼"，而且着眼于"鸟笼"的修旧如旧。

有人开玩笑说，以后能继续住在这样的"鸟笼"里的"鸟"都是有身份的"鸟"。

也有人说，不是有身份的"鸟"，而是对守护"鸟笼"更有责任感的"鸟"。

这项工作早在2002年苏州市政府启动街区先导性试验工程时就开始了，分期实施房屋修缮、码头整固、管线入地等一系列改造工程。原平江区旧城改造办对天宫寺巷、悬桥巷、大儒巷等13条街巷29处控保建筑调查发现，其中有26处作为保障性住房、1处为学校、1处为宾馆，还有1处空置。就建筑状况而言，有13处保护情况较好，9处一般，另外7处较差。历年来因为有原住民居住使用，修缮资金缺乏，使得控保建筑只能随着时间流逝渐渐老去，慢慢失去其历史文化价值，直至成为危房被拆除。

比如仓街上的花厅。花厅指的是宅第中大厅以外的客厅，多建在跨院或花园中。这处花厅的棹木上雕有喜鹊登枝、鱼跃龙门等吉祥图案，形象生动，保存得也相当完好。从残存的花厅与宅南大门前的新桥河距离来推断，原古宅规模至少有四进。

比如曹胡徐巷里有多处控保建筑，从郑举人宅出来向西走可遇见周宅，门前挂有控保建筑标牌，回头往东走，就到了宋宅，控保建筑标牌上写得更详细："该建筑建于清代，坐北朝南，现存东西二路。东路仅存三开间带二厢楼厅，东西山墙上的博风较好，楼厅用料粗壮，高大宽敞，地坪方砖为菱形砌就，门窗、屏风保留。楼下有船棚轩，天井内青石地坪。西路为五开间楼厅，进深七界，扁作梁架，有一枝香轩及船棚轩，两厢门窗已改。"

比如大儒巷8号德邻堂吴宅，始建于明嘉靖年间，坐北朝南。现存二路六进，东路仅存边厅，梁架古朴；二路第三进大厅，面阔三间13.2米，进深11.6米，扁作梁，逢柱见斗，前船棚轩，木柱为基础。第四、五进为楼厅，第六进为下房，西北隅有两层更楼。

姑苏老城内有百年历史的老街不止平江路一条，还有山塘街、虎丘横街、桃花坞街区等，但从名人故居的控保建筑数量看，当属平江街区最为集中，而且大多是清代中期至民国建筑。

这些亟待保护的老房子由于年久失修，最初呈现在入户调查人员面前的却是一派破败不堪的景象。改造前的控保建筑大多已散为民居。老百姓衣食住行的所在，宜于生活是第一位的，很多年来也没有"控保"的概念，所以建筑整体给人的印象如同一件件打满补丁的破衣衫。黑色檐瓦残缺不整，如同老太婆缺失的牙齿；山墙苔色斑驳，摇摇欲坠，好像哪一天就会被台风刮倒；门窗原有的贝母片早已丢失，现在或装配玻璃，或贴上报纸以挡风；厅堂早已被分割成居民的厨房，水缸、煤球炉、铁锅子挤得满满当当的；乱搭乱建的违章建筑到处可见；居民如厕要去外面的公厕，家里则用一只只手拎的马桶。

见此情景，先期入户调查的人都不由得皱起眉头：老房子的保护性改造怎么做？

居住在控保建筑里的居民闻讯却意外欣喜，小道消息传得比风还快："这里快拆迁了！"

拆迁不仅意味着可以领取一笔补偿金或者一套新居室，而是可以搬新家了，无论如何也会比现在住得宽敞了。这就

改造前破败的老宅

好像一只缺边的元青花瓷碗，在收藏家的眼里或许是不可再生的宝贝，但作为生活实用品可能不如买一只新碗。散落在街区里的控保建筑，对于居住其间几十年的原住民来说，其感受就和捧着一只缺边的元青花瓷碗差不多。

调查人员告诉居民不是要拆迁，而是整治，通俗一点儿说就是"控制保护，修旧如旧"。

居民们一听，刚刚鼓起来的满腔热情顿时凉了："搞了半天还是旧房子啊，我们要住新房子呢。"

调查人员再三解释此"旧"不是彼"旧"，以后能住进这些经过改造的旧房子的，都是热衷于控保建筑传承或者是对街区的民俗风情特别有兴趣的人。但一些习惯等拆迁、搬新家的居民还是不解地笑笑，权当笑话听。

何谓"修旧如旧"？阮仪三教授率领的街区保护改造规划组在入户调查的基础上，给出了比较明确的定义，那就是控保建筑在外部风貌上，坚持保留原有建筑风格，根据建筑现有状况区分类进行修缮：第一类，对于状况较好的建筑，不改变其原有的建筑立面、外部装饰、结构体系、平面布局和内部装修；第二类，对于已经受到部分损伤的建筑，在不改变建筑基本肌理的基础上，适当修整，包括建筑立面、外部装饰、平面布局和特别有特色的内部装修等；第三类,对于状况较差、已经受到比较严重破坏的建筑，可进行大规模修缮，但以不改变原有建筑风格为主。对于个别破坏严重难以修缮的建筑，则申请进行拆除和重建，重建的建筑须保持之前的建筑风格。

最棘手也最重要的就是水电布线的规划改造。控保建筑内的电路大多裸露在外，密集如蛛网，而且已经老化，存在极大隐患。现代生活对电的需求越来越大,对电路进行统一改造迫在眉睫，既要排除安全隐患，又要利于日常居住；其次，在处理屋顶时，在望砖和小青瓦之间，采用现代钢丝网、水泥、砂浆阻隔瓦及望砖之间的空隙，既能阻隔室外灰尘的进入，又能防止室内空调风的流逸；再次，现代坐便器和蹲便器取代传统茅房、马桶，局部设置卫生间的楼面替换成钢筋混凝土楼面，以便于更加防水和持久；最后,采用地暖地面的做法，在方砖和基础层之间增设防潮防水层，加铺电热丝层，并在方砖上刷有机硅，以阻隔方砖吸尘吸水。

控保建筑的修旧如旧，说起来容易，做起来烦难。开始，入户调查者，甚至"改造办"的管理人员也有些想不通：这样下功夫去做"旧"，值得吗？破旧立新不是更爽快吗？有人原来是"拆迁办"调过来的，搞拆迁、做居民动员工作已经驾轻就熟了，现在要做保护改造的动员工作，也是"大姑娘上轿——第一回"啊。

好几个夜晚，大家坐在一起讨论的就是这件事。苏州人爱喝的炒青茶淡了、凉了，可以重泡一杯；烟缸堆满烟头，冒着丝丝青烟，可以掐灭了，倒掉重来，但要完全理清思路还是有点儿难。

——控保建筑要修旧如旧，材料准备是个大问题。比如一根柱子是楠木的，蛀蚀了，若更换新的柱子是不是还要跑到贵州深山老林里去买楠木啊？铺在地上的方砖有可能是黄埭御窑烧出来的"金砖"，缺失一块是不是也要去黄埭窑上升火烧铸呢？

——居住在控保建筑里的居民要先期搬迁，房源落实在哪里？

——做控保建筑的活儿不是一般的活儿，有些房子造的时候据说是特地聘请香山工匠来做的，我们有这么多技术工人可以配上去吗？

——我粗粗算过一笔账，比如500个平方米的院子，如果拆迁补偿至多也就300多万（2002年），可是你要按原样修旧如旧，可能500万都打不住。

——能否先拆迁，再复建，这样做可能做出来是一个假古董，总比没古董好吧？

众说纷纭，好像谁说得都有道理，谁也不能说服谁。原平江区领导深入现场，跟大家一起交流看法，从街区保护改造的角度来梳理大家的思路，眼光顿时放得长远了。

古城保护不是简单地复制假古董，而是力求保证其原真性、基本特点和历史风貌，保护其完整的城市肌理和特点。这是保护改造严守的"红线"和硬杠子，不能动的。这就是"死保"。但是，只讲保护不讲利用也是不能持久的，要在保护中创新理念和机制，积极引导社会力量参与，更好地用活、用好手上的资源，在利用中更好地推动保护。这就是

"活保"。

"死保"是根基不可动摇，"活保"是枝叶萌发生机，这是上下一致逐渐形成的共识。

"死保"和"活保"并非矛盾，也并非非此即彼，就像善于弹钢琴一样，松开一个，按下一个，才能弹奏出和谐美妙的曲调来。

听说街区搞出一个古建展示馆，把从地底下挖出来的断砖碎瓦、残破陶片，逐件洗干净后予以分类陈列，古建专

正在保护修复中的老宅

家罗哲生大为赞赏，多次在规划座谈会上说："珍惜历史遗存，哪怕是一片碎瓦，都不能轻易丢弃。用这种精神去呵护古建筑是非常要得的。"

名人故居的最大特色就是有精彩故事，都蕴含着丰富的人文内涵。因为有了老宅的载体，被古往今来的人们广泛传颂。往昔的岁月里，有多少文人、官宦、商贾名流从街区走出去，或者带着一身疲惫风尘仆仆赶回来，选择这里作为居家之地。这些老房子是原住民挥之不去的记忆，对其加以保护性修复是所有人都希望看到的。

位于悬桥巷23号、25号的钱氏故居，1998年被列为苏州市文物保护单位。钱伯煊（1897—1986），著名中医、妇科专家，1949年后曾任北京中医研究院西苑医院妇科主任。1986年8月17日病逝于苏州，享年90岁。故居为明清时期建筑，坐北朝南，两路六进。第一进进深六界，圆作；第二进进深六界，圆作；第三进为大厅，面阔三间，曾经为诊所药局。屋顶举折较平缓，梁架扁作，前后翻轩，山雾云、棹木、荷叶墩等雕刻线条柔美。东西壁画贴砖细墙裙，有圭脚。柱承古镜式木础。厅前"世德流芳"门楼，砖雕纹饰古朴，后有青石八角古井一口。两进后楼年代较晚，均为进深七界，庭前有清末状元陆润庠所题"吴越世家"砖刻门楼，西路花园已残，尚存花厅和廊、亭等，花厅后面三间平房自成院落。第六进进深八界。2012年，平江房地产经营管理公司对故居公房部分进行修缮加固。

元和县城隍庙位于肖家巷48号，2003年被公布为市控保建筑。原为奉祀北宋宰相丁谓的丁晋公祠，后为土谷神祠，清雍正四年（1726）改为元和县城隍庙。坐北朝南，仅存配殿一座，后楼三间，青石覆盆式柱础。过街楼有砖刻楣额"凤梧道院"。第一进五开间楼厅，进深五界，扁作承重，雀宿檐梅花撑，檐高4米，第二进进深七界，扁作承重。东侧有砖额"延心"。48号边门建筑进深八界，内部吊顶，有青石六角古井一口。2009年起，开始对城隍庙公房部分进行保护性修复。

位于大儒巷口的清代建筑丁宅，原主人丁春之，清末曾任山西定襄县知事，辛亥革命掀翻了紫禁城里的龙椅，老先生就回归故乡，弃文从商，做起了当时新兴的电气公司老板。1923年冬，这位民族资本家的女儿丁达于嫁给了潘祖荫的后裔，随后改姓潘。1949后，也正是她将西周大克鼎、大盂鼎捐献给了国家，彰显了大义。经历过多次变迁，如今丁宅的门厅、轿厅和全宅精华所在的大厅已经拆除，变成了一家商场的车辆总汇。丁宅保护范围内仅存四进楼厅，其余均为后期改建、搭建建筑，其中第一进楼厅及东路附房为仓库及自行车车库，其余三进楼厅均为居民住宅，整个建筑群被周边密实的高楼压得喘不过气来。

改变高楼林立不协调的周边环境，重新融入悠悠古巷的历史街区，保护性修复刻不容缓。平江改造工程公司的邓工说："原地修缮，那还是局促于高楼之下。原地修复虽能比

「腾笼换鸟」的眼光

较完整地保留文物建筑历史信息，但周边环境已发生变迁，高楼大厦包围如同木桶，古建缩在桶底，不利于对它的保护，修复后的古建在这样的环境里也显得不伦不类。"这个对古建情有独钟的中年人，熟悉街区的传统文化，对老井、老桥、老房子更是一见倾心。在修复潘宅时，为了保护一口新发现的被尘土淹没的水井，他指导古建工程队让出一堵墙，宁可让围墙拐弯，也要留下这口明代中期的水井。如今这口被保护下来的水井井水清澈，是对护井人最好的回报。还有一次，在挖掘出来的泥土中，他无意中看到一块碗底的瓷片，底部有"余德堂"的火漆印，经查阅资料，"余德堂"款的瓷器为苏州织造署的用器。苏州织造署是清代江南三织造之一。当年康熙帝六下江南，祖孙俩到苏州后就住在织造署的西花园里。此园主人曹寅(曹雪芹祖父)之母曾为康熙的乳母，曹寅幼年也曾入宫陪康熙读书。织造署西花园作为皇帝行宫，被誉为"妍巧甲于江南"，园中所用器皿都沾点宫廷气。工人们见邓工得到这个宝贝后非常兴奋，就觉得不可思议，一块破瓷片有啥用啊？后来，南京的"江宁织造博物馆"要出价买走这块瓷片，邓工怎么也舍不得，说："这是伲街区里出土的，要留在街区里的。"

就是这样一个古建保护的热心人和他的同事们经过数次实地勘察，提出一个大胆方案：整体移建丁宅，换个地方挂上"鸟笼子"。在保证古建筑原汁原味的前提下，从大儒巷口整体移建至巷尾，丁宅整体搬家近300米，移建在原大儒菜场的位置，成为苏州"古建老宅保护修缮工程"首个成功启动项目。

移建过程中，他们对老宅进行精细测绘、全程摄像、按比例画形，并为每一根梁椽、每一块砖瓦都进行编号分组，按编号重新"组装"，确保古建修复的原汁原味。在移建中尽管小心翼翼，有些砖瓦还是免不了破损。实施者是决不肯偷工减料的，特地去城北的陆慕御窑按原样手工制造砖瓦替代。这样的"寻觅旧物"不止一次，比如平江河边的几棵香樟树，是从人家翻修的校园里移栽过来的；古建中需要替换的旧门闩、落地长窗，都是在璜泾的旧木市场里按原样淘来的；石湖边发掘出一处唐代古墓，出土的破损砖块，人家不要了，全被他们运回街区砌入古建中。丁宅移建后紧邻平江路，和周边环境起到协调和互补关系，其历史价值和价值载体也将得以延续和发挥，对街区日后的深度发展产生极为可观的促进作用。

方宅位于钮家巷，东依平江河，坐北朝南，占地2091平方米，建筑面积2900平方米。东路和中路四个单体建筑具有控保价值，是典型的中等规模的苏式民居建筑群。根据《苏州市古建老宅保护利用规划》，整治修复后的方宅被确定作为民舍使用。当时，方宅内有居民21户，非居住性的鞋帽仓库一个。公房、私房、厂房，多种产权混杂，加上住户密集、墙体破损严重，建筑负荷超载。街区管理者深入方宅，挨户做搬迁动员工作，前期搬迁了老宅内的仓库，后期逐户

"腾笼换鸟"的眼光

143

整体移建后的丁宅

动迁宅内居民，安置到新房居住。经过预算，方宅修缮需要一笔巨额资金，仅靠政府投入远远不够，那就走市场，通过以使用权换取民间资本参与。经过相关部门评审，"苏州荣誉市民"王敏刚获得方宅使用权，出资3000万元，签订了保护利用合作协议，开始进行全面修缮和基础设施改造，最终开办古宅型的"平江客栈"。

方宅在修缮中严格按照文物保护工程有关规定实施，业主委托专业设计单位勘察测绘和编制修缮方案；文物部门组织专家对方案进行初审、复审，综合多方意见后再拍板。在具体施工过程中，文物部门全程参与，一步不脱，进行监督并做好技术服务。工程竣工后，管理部门再组织古建专家进行工程验收，并与业主签订保护管理责任书，明确保护管理责任和具体保护要求。

基于方宅建为民居旅店使用的规划思路，文物部门和项目实施单位、设计单位多次探讨，在全面修缮的基础上，充分考虑了建筑使用功能，制订了方宅建筑维修保护设计方案，在建筑的保护与利用方面进行了综合权衡，主要体现在以下几个方面：

第一，在保留原有建筑格局的基础上进行功能分区。方宅原中路门厅因南临钮家巷，出入方便，用作客栈入口。门厅左右次间作为门房、会客场所。中路第二进大厅设为总服务台，由此可以较为方便地前往各个不同区域。中路第三进楼厅为商务中心，底层设商务间，二层为客栈办公室。中路第四进、东路及西二路均为客房区域，通过隔断等可逆装修方法组成51间客房，面积26至70平方米不等。每一进建筑的天井都精心设计成苏式庭院，每一个客房都面向庭院，优化了客房居住环境。

第二，进行设备管线综合设计，提高客房内聚性和安全性。客栈主要的水、电、通信终端设备都集中在方宅东路第四进后的两间平房内，使方宅与设备间各自相对独立互不干扰，同时封闭东、西三路原有入口，以提升客房的内聚性。旅客由中路门厅进入大厅（服务总台），由此分为五条主要路线，可以分别从大厅东南、正北、东北、西南、西北进入相关客房和商务办公楼。除西二路楼层楼梯独立上下外，其余均将原楼层的后廊、备弄相互贯通，作为楼上客房的人行路线。

第三，在保护木结构的前提下，运用新材料来提升客房设施的舒适度，提升方宅建筑使用功能，满足客栈居住需求，主要做法是：客房隔音。分隔客房的墙体用FC板、岩棉、空气隔声层和板门四层加固，以起到隔音作用，提供安静的居住环境；房间吊顶。在客房内采用部分吊顶方式，既有利于欣赏古建筑屋面结构特色，又有利于水、电、通信管线的隐蔽铺设，保持整洁的建筑观感；卫生间设计。方宅在修缮时充分考虑了使用功能，开挖了地坪，铺设了排水管道，使住客在古宅内能享受现代化卫生设施。淋浴房为了防止水汽外漫对古建筑产生影响，增加木质外罩，将水汽控制在最小区域；喷淋系统。古建筑容易发生火灾，消防安全是古建筑保护最为重要的内容。方宅在维修和设施改造过程中安装了简易自动喷水灭火系统，有效防范了火灾给古建筑带来的损害，这也为苏州古建筑设计、安装和使用喷淋系统做了有益的探索实践。

第四，内部装饰展现传统与个性。业主是古典家具收藏爱好者，他将自己收藏的传统家具，结合改良的中式风格家具，布置在每一个平江客栈的客房内，连浴具也备有阔大木桶，营造了极具传统特色的室内环境，以让旅客进一步感受到传统的居住文化。由于家具多为收藏品，非批量定制，平江客栈内每一个客房内设都不尽相同，这使平江客栈的居住感受更为丰富、更具特色。此外，在客栈内的公共空间内，装饰也具有传统文化内涵。例如，带有中式风格的迎宾台、用红色灯笼装点的灯饰以及用青砖围合的空调外机挡护等。

修缮后开放的平江客栈，最令人关注的还是经营情况。平江客栈开设之初，传统居住文化体验的品牌吸引了不少海外游客，但客源渠道仍然较为狭窄，加上租赁协议的古建保护条款，每年须拿出营业额的5%作为保护维修费用，这使平江客栈经济效益增幅较小。2008年，在中国期刊协会和南方报业传媒集团联合主办的《商务旅行》杂志上，平江客栈入选"中国最不能错过的10个客栈"排行榜，进入榜单的还有北京福舍客栈、四川布衣客栈、安徽宏村徽州客栈等极具地方特色的传统客栈。专家们给予平江客栈的好评是："通过营造苏式传统居住体验，让住客体会到与普通宾馆、酒店不同的文化气息。在不影响住店旅客的前提下，客栈对游客和社区居民开放参观，也体现了古建遗产属于全社会的共享理念，更易于被周边居民和社会公众所接受。"平江客栈在近几年来保持了持续的客流高峰，国内外背包客，各类参观、考察、培训团体络绎不绝，成为街区内最具盛名的苏式民居旅店。

在获得稳定的经济效益的同时，根据租赁协议，平江客栈每年提取营业额的5%作为方宅保养维护费用，确保文物建筑得到有效保护。

走走，看看，玩玩，黄昏时就找一处像这样的旅舍住下，街区里还有多家由老宅改造过来的青年旅舍可供选择，尽管它们的格局没有平江客栈那么大，如明堂、拾光、美人屋、寻宿、小雅、千遇千寻、苏客、觅宿、青衣等。这些散落于大街小巷里的青年旅舍名号各别，至少有十家，是使用者"修旧如旧"的一个创造。乃至那几个当初把老屋改造成"外美内秀"旧居客栈的小老板不无得意地说，"我们要在街区打造出以老翻新的样板工程"。这话说得口气有点儿大，但从老屋改造效果看，确实呈现出"三个不一样"：与破破烂烂的老屋面貌不一样，经过改造的旅舍旧而不破、老而有味，无论是内部设施还是居住环境都是与时俱进的；与钢筋水泥建造的旅馆不一样，进入旅舍能看见旧时的木结构建筑，一面可以洞窥蓝天的天井，角落里还真有一口老井素

明堂青年旅舍

面朝天，苔色斑驳的墙上垂下几丝藤蔓，墨绿的叶片上可能还趴着一只青皮螳螂；与托管式的星级宾馆不一样，它给予青年游客更多的是半个世纪前的老宅记忆，进门是天井，穿过天井是夹弄，夹弄后面是客厅，客厅两边是厢房，过了客厅还可以上楼阁——老一辈人的旧日时光给予下一代又下一代的是新鲜的生活体验。

古建旅舍给人的感觉同样是"旧瓶装新酒"，内部有标间、双人间、三人间或多人双层床铺间，洗卫设施齐全，大堂还设有酒吧、免费Wi-Fi、台球桌等，凡年轻人需求的东西一样不缺。客人入住后，坐在木格窗前，坐在案几前化妆有种"当窗理云鬓，对镜贴花黄"的古典感觉。晚上，半个月亮宁静地挂在树梢上，凝神静听，隔壁隐隐传来苏州评弹的吴侬软语。有几位来自江西的大学生在青年旅舍住下后非常开心，舍不得离去，又续住了两天，图的就是这种旧日时光的体验。有位喜欢古诗词的余姓同学说，住在老宅里，他会有一种"不知天上宫阙，今夕是何年"的感觉，好像住的老宅就是蒲松龄在《聊斋》里写过的进京赶考的书生投宿过的老宅，睡到半夜里外面会飘然而来一个漂亮至极的狐仙妹妹……

街区内的古宅是一份份历史文化遗产，对古宅的悉心保护就是对古城历史的保护、文化的保护、遗产的保护、精神的保护，是对中华优秀传统文化的保护。街区保护不是静态化的保护，不是固化、僵化式的保护，不是把古建筑、古遗迹、古宅古居、古桥古井圈起来、包起来、围起来，不是简单地守护冷冰冰的历史建筑，而是要传承好、发展好、利用好充满人文气息的丰厚文化遗产。

街区内所有属于控保的古建都是这样"死保"下来的。"死保"是前提，一切为的是"留下"；"活保"则是八仙过海，各显神通，凭着控保的责任心，或就地修缮，或移建复原，都尽力做出自己满意的样子。

原苏州市府领导在10年前回答《瞭望中国》记者提问时说得明确，强调了"活保"与"死保"的辩证思维：

历史街区是一部史书，这部史书要靠我们大家去挖掘，只有这样才能把历史文化弘扬出去，才能把文化传统传承下去，把内涵的东西让大家去感受。真正的保护，其中一个原则就是修旧如旧，保持它的核心、风格不变，在改造过程中无非就是对结构的加固，把这些建筑的生命延续下去。这就是"死保"。当然，改善街区里老百姓的生活质量，这一点也是很重要的，因为有生命力的街区是要有人住的，是要有烟火气的，不单单只有古建筑而没有人的生活，所以就有"死保"和"活保"的辩证思维。

右见咖啡馆坐落在一条僻静小巷里，原以为它的业态与星巴克、雀巢、摩咖差不多，是喝咖啡的地方。走进右见，你立刻会怀疑是不是走错门了，因为这里给人的感觉不像咖啡馆，说生活展示馆、时尚家居馆也不像，拿主人的说法是"适意空间"。"适意"是苏州话，就是舒适、惬意的意思。它要给忙碌的都市人提供一个可以安静地坐下来享受一下休闲生活的惬意空间，怎么"适意"怎么来。它是一处集家居展示体验、咖啡面包、艺术馆欣赏、商务会客空间多项用途于一体的生活馆，正确定义还是叫"咖啡馆"。

右见的前身是纽家巷东升里13号一处几乎荒废了多年的老宅，早先这里是一座城隍庙，敬奉的是红脸关老爷，庙门口还有两只威风凛凛的石狮子。那时候，住在黄天荡、金鸡湖边的农户，家人离世后过"五七"，都会带上纸钱香烛到

右见咖啡馆

庙里来做法事。后来，城隍庙变成房管所。房管所搬走后，很长时间就没人打理了。这几个"海归"刚租下来时，看见墙角里到处挂着蛛丝网，门窗破烂不堪都快掉下来了，院子里长满没脚背的杂草，不免皱起眉头。朋友曾劝其放弃，说这种破房子没啥弄头的。他们不肯放弃，在内心一遍遍鼓励自己，事在人为，境随人变。老宅要"改"是肯定的，"改"的过程展现的是智慧，对租用者也是一个机遇。机遇是不可望、不可即的，只有那些勤于思考、勤恳工作的人，不肯轻易放过机遇的人，才能真正把握住机遇。他们围着老宅反反复复走了多圈，这儿看看，那儿量量，心里反复掂量着改什么和怎么改的问题。他们要让这样的老宅变成自己心中的模样，那就要大刀阔斧进行改造，但不是脱胎换骨的推倒重来，而是修旧如旧的起死回生。一天夜里，主人收工回家，走在半路上，忽然想到有一间老屋可以这样改，效果也许更佳。想着，不由自主地返回施工现场，掏出钢卷尺，左看看，西量量，在心里画出了改造蓝图。他们要对1500平方米的空间进行通盘考虑，着手打造超大艺术空间。墙内的装修、摆设都好做，墙内文章还要延伸到墙外做，充分运用苏州园林借景、对景、融景的艺术表现手法，让空间的每一处都如园林漏窗般移步换景，哪怕一张案几的摆放、一幅画的选择、一道法式点心的设计，让来客坐在每一个角落里都能收集居家之美、观景之趣、品位之雅。经过对老宅的修复改造，这个名不见经传的咖啡馆开业才一个多月，就有不少青年朋友前来"打卡"，成为"网红咖啡馆"。

姑苏区在打造"姑苏八点半"夜市经济时，特意推出"右见"适意空间和邻近的"巴黎会馆"两大旧宅改造项目，其"修旧"并不完全如"旧"的创新业态和运作模式，尤其是对周边环境的通盘整治和借鉴，令人耳目一新。

右见老板颇为自信地说："我好比是拿了一只古典酒瓶来装酒，瓶子是旧的，好看；酒是新灌进去的，好喝。我其实就是在传统咖啡馆的业态上做了环境创新和布局创新，瞄准时尚青年的目标群体，打造现代休闲的惬意空间，从而形成消费集聚效应。"

"适意"其实也是一种文化熏陶和浸润，尤其是像"右见"这样着眼于东西方文化互融和交流的平台，更有长袖善舞的空间。2020年仲夏夜，"右见"别出心裁，举办了西方铜版画的收藏展。铜版画是一种在金属板上用腐蚀液腐蚀或直接用针或刀刻制成的一种版画样式。它的制作过程非常繁杂，每道工序对画面最终效果都有程度不同的影响，因此从备板、刷防磨剂、刻图腐蚀时间的把握到特殊技法的运用、机器印制等工序都需要精密操控。铜版画是西方艺术的重要分支，起源于中世纪，其工巧、识深、境界之高远是举世瞩目的，名家如云，名作迭出，成为西方文化、科学、宗教的传播载体。文艺复兴时期的绘画大师提香和丢勒，而后的伦布朗、鲁本斯、毕加索等都是铜版画的杰出作者和推广者。

"右见"展示铜版画中的"大师风景系列"，推出了英

东升里彩绘墙

东升里彩绘墙

国绘画大师威廉·透纳的风景画，如《埃克塞斯的阿德里安德大厅》《诺丁汉郡的沃莱顿议事厅》《威尼斯海关大楼》《英伦古堡》等，不仅让观众领略了异域风情，更是对"右见"人独到的艺术审美眼光的钦佩。尽管这种艺术展览是"小众化"的，看的人也许并不太多，但它开出的是一扇观察域外艺术的窗口。它是商业的，更是艺术的业态。如同走在黑白相间的弄堂里，忽然看见一堵墙上挂下一串紫色的蔷薇花，让人惊喜不已。

由此可见，老宅改造，"死保"是前提，但修复改造的设计思路和之后的使用方式，应该是灵活的、创新的、多变的，不是一"保"就死，而是让老宅翻变出新、枯木逢春。

离"右见"不远的东升里文化艺术长廊同样是一篇墙里开花墙外香的绝妙文章，对老街巷、老房子的改造表现出更为独特的理解和诠释。年轻人的想法是超前的，与艺术家们的创新想法不谋而合，运用精妙的构思和手中的画笔在墙上涂鸦，画就一幅幅五彩缤纷的油彩画，用艺术手段改变灰白墙体的视觉效果，使原本色彩单调的弄堂变成色彩缤纷的艺术长廊。起始，不是所有的里弄居民都认可他人在自己墙上油彩涂鸦，生怕把本来已经老旧的墙体搞坏了。几个谋划此事的年轻人是从法国留学归来的海归，一合计，一击掌，集资租下老房子，信心满满地加以全新改造。他们这个"艺术涂鸦"的理念，确实是前所未有的，左邻右舍用怀疑的眼光来看是一点儿不奇怪的。纵然磨破嘴皮，他们也要说服东升里的邻居们，共同努力把这件事搞成。他们连续数天挨家挨户走进邻居家，解说自己对修复老宅的创新思路，油彩涂鸦对墙体不会有损害，灰白墙体一旦与艺术结合，就会成为一件至少在姑苏城里还是独一无二的露天作品。东升里的居民终于被说动了，理解了这几个年轻人的心思，从怀疑、犹豫到赞成、参与，推动了墙绘工程的进展。

街区管理者对彩绘艺术长廊给予有力支持，认为它是老街巷改造中的创新之举，迎合了当代青年对时尚、新鲜、趣味的美好追求。之后，姑苏区连续两届"我画苏州"活动都选在东升里举行。艺术家们现场绘制《不准分手》《国风潮》《我们都是吃瓜群众》等墙体作品，画得"弹眼落睛"，十分吸引眼球。在三个月时间里，来自法、德、阿根廷等国的艺术家，以东升里、志恒里和酱油弄三条街巷墙面为艺术载体，与中国艺术家联合构思创作，并由中国艺术家将作品绘制到街巷墙面上。其中，率先进行的是酱油弄的艺术创作，该路段有300多米长的石头墙面，被定名为中国爱墙——"不准分手墙"。其通过自由奔放的涂鸦和墙绘表达"爱"的主题。墙面设计以希腊圣托里尼岛的蓝白色为主基调，用81种语言写满"我爱你"。希望在此表达忠贞不渝爱情的人们经申请同意后，可由主办方将其爱情宣言刻在石头上。斑驳的外墙上是一幅幅主题各异，鲜艳夺目的图画，使年代感厚重的小巷焕发了新颜，浓浓的文创风加上淡淡的小清新，网红潜质呼之欲出。

阿根廷90高龄的著名艺术家塞拉托女士委托其儿子卢西恩先生将其1905年创作的作品《执子之手》，由卢西恩与中国水彩画家姚芳华通力合作，放大复制了这幅长达20米、高3米的巨型彩绘墙体作品。它表达的是西班牙爱情名句"当指尖触碰到你的一刹那，我就已爱上你了"的美好寓意，也成为中国爱情墙"不准分手"的起始部分。

灰白相间的老墙，变成了网红彩绘墙，即便一处小小的拐角，也鲜活起来了。比如红色藤蔓相连的地方，画了一块"打翻"的颜料盘，大胆的撞色，拼凑成一块块耀眼的宝石。有点儿像是苏州古建独有的移步换景，这些原本斑驳的墙面被赋予了现代注解，开始与人对话，与过去和现在对话。尤其是靠近肖家巷口的那段墙面，大片的蓝色涂鸦溢满了爱情海风情，上面有着各种语言的"我爱你"，而这里本身就有个有趣的名字：酱油弄。满墙的爱意，倒有"爱你爱到儿孙打酱油"的意思。有趣的是，酱油弄好像是个隐藏暗号，地图上找不到，甚至也没有门牌路标，只有生活在这里的居民才叫得出名字。没有人知道它究竟从哪一段开始，又在哪一段结束，但跟着那堵墙走，你肯定可以触摸到某一个爱情开关。

十 梦
想
改
造
家

居者有其屋，哪
怕只是一间破落的
老宅，主人也都想
把它做得更漂亮、
更宜居。

想象可以给灰
白相间的老宅平添一
抹亮色，但像这样基于保护的精心改造，说起来简单，做起
来却十分复杂。它不是局部的小敲小打，而是整体的通盘设
计，乃至地上的建筑、地下的管线、周边的环境，都要考虑
在内，一点儿也不可疏漏。

首先，旧宅改造要尽可能保留原有的建筑模式和肌理，
修旧如旧，但又要适合人们新的居住要求；其次，疏散老宅
居住人口，又要保留部分原住民，以体现其原真性；再次，
利用老宅开店要有合理规划，商业业态体现老街特色。

古建改造成旅舍是用来招待游客的，公房（或极少量
私房）改造则是用来居住的，同样需要用梦想来"改造"

安身之处。老居民汪景浩已经六十开外了，看着快成废墟的祖宅，心痛不已，多次在祖宅徘徊，却又无力修复。他一脸沧桑，噙着泪光，凄然地对女儿说："爸爸老了，做梦都想回去，就像贺知章说的'少小离家老大回，乡音无改鬓毛衰'，但是老家没有了。"女儿安慰老父亲："别焦虑，容我想想办法。"她多了个心眼儿，四处打听哪儿能做私宅改造，能圆老父亲一个老宅安居梦。东方卫视《梦想改造家》吸收老屋改造住户，她立即替父亲报名，很快落实了老宅改造的设计师，是个很有想法的年轻人，叫孙建亚。

孙建亚来到汪宅，看到平江路上这座唯一的私房，建筑面积96.41平方米，已有150年历史，原有五进，现在仅剩老宅一进。因为年久失修，房屋坍塌了，堵住原本的入户门。人要想进到老宅里只能从过道的小矮窗里爬进去。倾斜的房顶只剩下孤零零的房梁，无人打理的室内被野荆棘侵占，爬满半堵墙。遍地垃圾堆满了老宅的北墙和西墙，与邻家紧挨着。老宅的墙体最宽处只有80厘米，周围邻家都加盖了二层楼，挤压下的老宅只有东墙可以采光。由于年代久了，老宅大门被移到了阴暗潮湿的公共走道里，碎砖瓦堆积出半人高。

此情此景，让年轻的设计师也觉得特别挠心，但他看到老人"寻乡拾忆"的期盼眼光，想到把古宅改造成完美的家，也是自己多年的梦想。于是，他肯定地对老人说："凡事都要靠人去做，您放心，我会做好的，还您一个苏式民居。"

孙建亚在设计图纸上忙了数个深夜，脑子里早已展现出汪宅改造后的时尚模样，他兴冲冲地拿着老宅改造的设计初稿去报批了，信心满满当当。可是，被浇了一盆凉水，初稿因为掺入太多的现代元素，与平江路街貌不合，加上施工造价、工期等问题的困扰，设计初稿被规划局退回来了。他不灰心不退却，不厌其烦数次修改设计稿，最后终于获得通过。他与汪宅主人一样，心里充满了欣喜，改造工程顺利进行。

说是"顺利"，其实起步就很困难。就说清理环境，运送烂砖碎瓦废木料，要经过平江路这条并不宽敞的步行街，用不上铲车、工程车，只能在深夜肩挑人扛运出去。一筐筐、一袋袋建筑垃圾就靠人工搬运，施工的工友叫苦连天"太乏了，太乏了"，但是再乏再苦，也得按进度抓紧去完成。

汪宅地处江南，多梅雨季节，墙面、地皮极易返潮。改造时，为老宅设计了全面防水，采用柔性防水的墙面涂料，辅以集水井设计，就连公共走道以及与邻相接墙体之间的防水也一起解决了。整体的防水设计，如同给老宅套上了一件严密的保护衣。

孙建亚对老宅的室内功能重新进行划分，改造后的新宅把一部分墙体架在老墙上，以保持原来的建筑肌理，老宅西墙结构早已松垮、酥烂，墙体与邻家墙体之间的粘连交错更为复杂，厚30厘米、长10米的西墙无法拆除，于是进行加固，这就为主人留下了老宅老墙的旧日记忆。

重新设计、营造露台，以增加采光度。位于公共走道的南墙距离的墙体最宽处只有80厘米，只有东墙可以采光，周围邻家都加盖了二楼，要解决采光和通风，就大胆设计回字形格局和天井，外加新搭建的阁楼和露台，使整个老宅明亮了不少，昏暗潮湿的老宅一下子变成了现代感十足的简洁明朗的苏式民居。

改造后的老宅里许多家具都是设计师为汪家设计定制的，如考虑到老人的身体条件，在室内、客厅、餐厅的地面都采用了特殊材质，连卫生间的各种设施、家用电器的采用等也都是经过"助老"考量的。

为保持老宅风貌所体现的苏式家居特色，与街区风貌相适应，细节设计的考虑更是暖心，比如在装饰板上采用伸缩纹，不仅美观，而且杜绝开裂隐患，便于日后维修；又如硬山屋顶的设计使老宅在造型上更为新颖，空间利用也更开阔自如；再如客厅保留原建筑高度，挑高空间自然采光，让视野更加开阔。白墙与灰瓦、玻璃与原木的有机组合，使老宅充满了简洁明朗的现代气息，又增加了柔和的光亮度。

孙建亚与他所精心设计的这个标本式私宅改造模板，体现了一种严细的工匠精神，也是彰显城市责任的生动一例。

家，梦想的摇篮；梦想，家的终极追求。"梦想"与"家"之间的过渡就是修旧如旧的"改造"，它是创新的，也是守旧的；是对未来的梦想，也是对过去的追记。

陆霖建筑设计室设计改造的"童心结"社区未成年人活动中心是古建改造的又一模板。该项目建筑面积555平方米，坐落在街区11号地块，设计命题是为这一处建筑进行空间功能策划和更新设计。以儿童公益创意课堂作为切入点，旨在为儿童提供一处可以开展公益教育和特色文化课堂的场地，为孩子们创造一个集交流、玩耍、观察和体验于一体的学习空间。所以，在设计时剔除了原有的自发加建构筑物，保留了建筑主体的木结构，在三栋主体建筑之间的庭院中加入了一个立体的公共连接体。

设计的建筑新构架为老建筑的大空间增添了更多层次，以适应不同授课形式的需求；游廊连接空间的水平与垂直体系，将讲座教室、庭院课堂、轮滑坡道、活动场地等空间编织起来。同时还搭建了一座充满活力和趣味的小"园林"，如狮子林等园林中的假山，供儿童玩耍。新旧空间融合而形成联结的场所，使儿童活动和历史街区的生活风貌相交织。原有民居的隔墙被拆除，完整的大空间可以作为社区服务和儿童教学的场所。街道、社区活动和儿童活动三条流线交会于此，建筑的东北部教室既可以分隔为多个独立的小空间，也可融合作为大空间使用。游廊通往屋顶平台，也是立体教学和游览空间，尺度基于各种儿童游戏行为进行特殊设计。二层设置了少量住宿客房，以满足夏令营的需求。

"童心结"的改造方案为儿童勾勒出一条体验家乡的探索小径：嬉闹的孩子们穿过宁静的老城，创意课堂就藏在一排白墙灰瓦之间。老建筑的大空间是举办讲座、沙龙的最佳场所，保留的木结构也成为庭院中有趣的景观。阳光明媚

167

时，孩子们可以在庭院中的树下讲故事、唱歌；阴雨天时，也可以在角落里捉迷藏、做游戏。二楼则是一个更好玩的世界：新增的游廊模糊了老房子室内外的边界，也使路径互相交织。"童心结"改造的核心概念是"联结"：联结户内外教学、联结新旧空间、联结现代生活和老城区。

当"改造"成为上下共识，甚至成为原住民的自觉行为，那么，前期"腾笼换鸟"的事情做起来就相对容易了。到2019年9月下旬，"腾笼换鸟"的事情已经做过不止一回，居民也都心中有数了。姑苏区选择平江片区两个功能区成片实施保护修缮，东侧地域范围西至平江河，南至中张家河，北至大柳枝河；西侧地域范围西至临顿路，南至大儒巷，东

小朋友们在未成年人活动中心开展活动

至平江河，北至菉葭巷。目标是"保护历史建筑，控制建筑密度，消除危险房屋，改善人居环境"，对加强街区老房子的保护性改造具有重要意义。

这是一期工程，涉及居民主要居住在悬桥巷、大新桥巷、南显子巷、南石子街、迎晓里、顾家花园等地，计618户。这一天，是集中签约日，安排居民在原平江区政府大院内排队。工作人员给居民提供面包、牛奶、矿泉水，辖区卫生所的医生配合做好医疗保障工作。现场，期待住上新房的平江街区原住民签约交房热情高涨，一天内就有170户居民前来签约。居民们关心的搬迁定销房有四处供选择，分别是期房梅巷七组，现房为惠宇华庭、嘉裕花园、翠锦苑。

正在选房的赵阿姨喜笑颜开，拿着一沓厚厚的签约证明，告诉记者："我家住在大新桥巷的老宅，这次搬迁出来换了多户房源。早年间家里的祖辈购置了这套宅邸，前面大新桥河，后临大柳枝河，相传是陈世倌在苏州的行宫。因为年久失修，如今的老宅早已破落。这次搬迁，我们非常理解，是为了更好保护街区的控保建筑。这些老房子靠自己已经没有能力修缮了，就这么放着看它们毁掉又觉得可惜，现在政府主导征收修缮，原住民还有这么好的福利补贴，大家都非常配合搬迁工作。"

走有走的好处，留有留的美意。走进街区，随意拐个弯，就会拐进一条东西走向的支巷。每条支巷都有个好听的名字，名字背后可能都有一个好听的故事。然而这些背街小

梦想改造家

169

城市责任

巷的犄角旮旯由于长期缺失治理，变得脏乱差，与文化休闲的氛围极不适应。街区管理者借助东升里彩绘美墙的经验，开始设计"缤纷街角等你变身"方案。根据方案，先在迎晓里开始"变身"实验。比如把某一处墙面斑驳、配电箱裸露在外的拐角处，改造成以"家门口的花园"为定位的布置简约朴素的绿植墙，设置木制坐椅，使之成为集景观、休闲、纳凉为一体的公共场地。又如在保留原墙面基础上融入新元素的宣传栏，开辟兼具美观与生活功能的菜摊集散点，配置点亮街巷夜景的五彩尼龙绳装饰等，不仅烟火气浓厚，方便原住民的生活，而且让不起眼的旮旯成为亮丽的共享空间。这几年，先后有10多处街巷旮旯按新颖设计完美变身。难怪外来游客看见后会惊讶不已，说我们亲近的哪是僻静旮旯，而是城市小游园啊。

在不少原住民的记忆里，细流般的背街小巷是整洁而清静的，尽管那时候的住客并不少，三十二家租户、七十二家房客是常见的事，但是整齐洁净作为烟火气则是原住民聊以自傲的街容巷貌。街区管理者深知打造"洁齐美"小巷，给街巷洗把脸、美个容，并非要花多少钱，而是每家住户都要有一点儿城市责任感来共同维护。这几年，社区开始做这方面的事。如悬桥巷，长414米、宽2米，小巷藏龙卧虎，历代名人故居不少。如此名贵的小巷，自然要花力气进行梳理。墙面老化剥落的要重新粉刷，外立面参差不齐的要捉齐，公共区域脏乱差的要一一清理干净；又如大柳枝巷，是西起平

170

江路、东至仓街的一条临河小巷，巷内有数百年树龄的瓜子黄杨、金桂树，还有古井、古桥、古驳岸等。巷貌整治是通过清洗污损墙面，重做加固粉刷，铺砌石板路面，以及清理卫生死角、拆除违章建筑等整治行动，还居民一条整洁美观、烟火气复现的苏式小巷；再如丁香巷，以打造"特色街巷"为名对丁香巷予以整治，营造特色场景、美化街容巷貌、讲好街巷故事、展现苏式生活。以绣花功夫设计细微处，铺设刻有诗词的地砖，上面印有丁香花、银杏叶等街边小品。拆除影响巷貌的违建，理顺屋檐下的飞线，保持了原住民具有烟火气的生活气息，无疑大大提升了小巷品质。

平江路11号的几幢"老破小"的住宅楼建于1982年，占地面积850平方米，有居民21户，多为老年居民。改造

悬桥巷黄丕烈藏书楼

前，这几幢楼好像被人们遗忘一样，其脏乱差的楼貌可以用"五个乱"来形容，"户外电线私接乱拉，厨卫垃圾随处乱扔，公用过道杂物乱堆，花坛植被无序乱长，房屋立面脏污乱相"，与周边环境极不协调。钮家巷社区多次召集居民开座谈会，征求这几幢老楼的改造整治方案。居民们欣喜雀跃极为配合，都说："我们早就盼着这一天了，早改造早受益。"在改造工程开始后，居民配合，进展顺利，不仅解决了屋顶、墙面的漏水问题，安装了方便老年居民上下楼的不锈钢扶手，而且外墙立面焕然一新，门前的绿化小品也都做美了。走亲访友的人都说，我们都以为走错门了，真没想到旧貌换新颜，一换就优美！

背街小巷，如肖家巷、建新巷、东大园、酱油弄等，以前都是电线杆站岗，电线横七竖八密如蛛网，不仅影响巷貌，而且也有很大的隐患。各种线网悬在头顶，居民出来进去心里很不踏实，尤其是台风、雷雨天，危险不小。社区以志恒里、百合弄两条老巷为试点，进行架空线入地工程试验，主要采用"开挖排管、线路敷设、路面恢复、管线割接、剪线拔杆"等模式，把暴露在外的所有线路都完全隐蔽，整体提升小巷环境和居民的安居度。2020年，仅用一年时间，钮家巷社区内的11条背街小巷完成布线。与之前不同，这次不再是线网"单纯入地"，而是为每条街巷有针对性地制订施工方案，对一些不符合管线入地条件的街巷实行"沿墙敷设"。一些零星街巷因路面狭窄、地下现有管线已经很多,不具备管线下埋的条件,那就采用沿墙敷设弱电桥架的方式来布线。

老宅改造后的居住体验是别样地爽,但最令人担忧的无疑还是一个"火"字。控保建筑大多是砖木结构,年久失修,尤其是环境潮湿、电线老化,极易引起火灾。最棘手也最重要的首先是电路改造。现代生活对电的需求越来越大,对电路进行统一改造迫在眉睫,既要排除安全隐患,又要利于日常居住。街区在整治中逐步推广在老宅内安装"智慧消防"系统,有600多户居民家安装纳入系统,配备400多名网格员,对这些老房子进行线下护航。

街区内有一处老屋,墙上裸露的电线因接触不良引起温度升高,居家老人浑然不知,丝毫没有察觉到火险正在逼近。这时,"智慧消防"监测中心大屏上立刻发出警报,显示那家老屋的电线线路温度超过最高值65摄氏度。值班人员立即与老人取得联系,网格员第一时间跑步上门,与物业人员一起找出原因并迅速处置,避免了一场火灾。据悉,这套"智慧消防"系统依靠物联网等新一代信息技术,只要在控保建筑内安装相匹配的烟感探测器、电气火灾探测器、可燃气体探测器等设备,就可以进行24小时智能监测。一旦出现警情,值班人员会立即通知网格员。5分钟内,网格员就会赶到现场对警情进行初步处理。据了解,消防部门接到街区报警次数,2018年有132次。在安装"智慧消防"系统后,2019年减少到62次。

十一 {把钱扔在水里

水是苏州的魂，街区因水而充满灵气，就像秦淮河之于夫子庙、苏州河之于上海滩、江南运河之于湖州南浔镇和无锡南长街一样。护水与治水，是整治街区水环境必不可少的重要环节。

老祖宗其实早就明白这个道理，对治理古城水系一点儿也不马虎的。宋仁宗明道二年（1033），平江府洪水泛滥，整个街区变成一片汪洋，积水最深处达3尺，灾民超过10万户。次年六月，范仲淹调任苏州知州，一上任就遍访街区，察看水道走向，寻找水患之源。《尚书·禹贡》有"三江既入，震泽底定"，意思就是要疏浚河道，让水系互通，才能杜绝水患。范仲淹获得朝廷赈灾款官银500两、谷米1000石，并采用以工代赈之道，每日给粮5升，招募灾民数万，清理淤泥河障，疏浚城内水系，使街区内的大小河道贯通畅达，之后的几十年内再没有发生过大水灾。

从《平江图》和明末绘制的《苏州府城内水道总图》看，街区内河道变迁分为宋、明、清三个阶段，走向是逐渐淤塞、狭窄、变浅。后来因为交通辟路，又填没了一些河道。如1935年的卫道观河、混堂浜河，1958年的东白塔子河、箓葭巷河、大儒巷河、钮家巷河、玉带河，1960年的虹桥浜河，1963年的中张家河等先后被填没成路。现有河道外围有3条，一横二直；内河有7条，南北向2条，东西向5条。

据资料分析，现存河道的现状是：

平江河，长740米，平均宽8米，最窄处为6米，平均水深为1.6米，条石驳岸。

胡厢使河，长520米，平均宽8米，最窄处为3米，平均水深为1.8米，条石驳岸。

柳枝河，长530米，平均宽8米，最窄处为4.5米，平均水深为1.3米，条石驳岸。

内城河，长450米，平均宽15米，最窄处为5.5米，平均水深为1.8米，条石驳岸和自然驳岸。

新桥河，长530米，平均宽8米，最窄处为3.5米，平均水深为1.4米，条石驳岸。

疏浚河道，使水流畅通，是古城水系整治的关键，最终目的是正本清源，改善水质，畅通水循环系统。1982年的

悬桥巷河道

平江河疏浚工程，算得上是街区保护改造工程的一个大项目。之后的1989年、1991年、1993年，前后进行过三次疏浚工程。首次疏浚工程的规模最大，不出半个月，河水就被抽干了，两边的驳岸搭起了护栏板，沿河危房旁则搭建脚手架做修复加固，甚至连一扇摇摇欲坠的木格子窗都不放过，或修整或更换。竹梯从岸上放到河底，工人们顺着梯子爬上爬下，挖走河底的淤泥。淤泥层分成自流层和污泥层，前者是河流自然流动沉积下来的淤泥，一般不予清理，因为它涉及河道生态环境和水的压强、压力，对沿岸建筑会造成损害；后者是抛撒垃圾和上游浮动垃圾累积而成的淤泥，则要完全清理干净。

保护河道驳岸，是疏浚工程中需要特别留意的。河道驳岸多用花岗石条堆砌而成，既是围河的岸基，又是沿河人家的屋基。因此，驳岸的铺砌是很有讲究的，整齐划一，牢固坚实，石缝里则用石灰水泥浆抹砌密实。沿河人家的河滩踏步、入水码头、缆桩绳孔，大多铺砌得既实用又美观。

疏浚工程中，对沿河人家产生的污水全部截流处理，采用分散处理和集中处理两种方式。分散处理就是采用传统化粪池或无动力组合新型化粪池或小型污水处理装置就近设置，污水经处理后纳入雨水管网系统，就近排入内河道。这种处理方式进度较快，但是效率低，难以达到规定的排放标准。还有一种就是集中处理，将污水全部截流，纳入城市污水管网系统，直接输送城东污水厂去处理。这样做需要与管道网配套，进度较慢，投入成本也相对高一些。据测算，仅平江河两岸地下污水管线布线就有342.5米，仅污水管一项当时就投资了41.58万元。

"把钱扔在水里，值得！"这是参与河道清淤整治工程的管理者和施工者一致的认识。分管的负责同志在动员会上强调："路河相依的棋盘格局，在南宋留下来的平江图上就是这样画的，保持河道整洁，无论从街区的保护改造看，还是从城市水生态环境看，都是要认认真真去做好的，一点儿不能拆烂糊。这就是落在我们肩上的城市责任。"

保持水质洁净，除了清淤，还有一点很重要，那就是保持河道的自流量，就是俗话说的"为有源头活水来"。在平江河整治阶段，施工计划就明确将河道水位适当提高，常年

平江河河道清淤

高于古城区水系水位，在与外部水系相连处设置溢流堰门。同时将位于东园的泵房改为双向泵房，可双向调节水流。因外城河（娄门至相门段）经过多年的治理，水质趋好，平时可通过东园泵房引外城河水缓缓进入内河水系，源源不断地补充洁净的活水，使之血脉畅通自然流动。

住在平江河西岸的老吴在清淤起始阶段却是忧心忡忡，几乎是足不出户，因为听人说河道清淤时某户人家沿河的半堵围墙半夜里哗啦一下倒塌了，条石码头陷进污泥里，原因就是河道里的水抽干后，水对房屋的压力发生突变导致的。吴家后门口有一个石码头，十来级石梯伸到水里。他最担心的就是石码头连着房子的地基，年久失修，会不会发生不测？

老吴很健谈，风趣地说，在我小时候，家里人喝的就是这河水，拎几桶水上来倒进水缸里，放点明矾一沉淀，水质毕清毕清（苏州方言，非常清洁的意思）。河里有串条鱼游来游去，细小的鱼鳞在太阳下一闪一闪，还有肉眼都很难看清的小虾米，欢欢喜喜蹦到淘米簸箕里来。后来，街区里开办豆制品厂，还有小塑料厂，污水就往河里直排。沿河人家也不守规矩，垃圾、污水，窗户一开就往河里倒，河道就这样被污染了。有时就像一只大染缸，河水忽灰忽红。一到大热天，河底淤泥泛上来，冒出一股股臭气。前两天，我听见一个笑话，有人说"苏州是东方威尼斯"（水城），也有人说"我补充三个字：威尼斯的下水道"。我是住在河边的，听了心里很不舒服。我听见河道清淤整治的消息是很开心的，但也不放心，就怕房子被"清"出个三长两短来。

那天，工程组召集沿河居民开座谈会，我去了，说出了我的担心。

他们让我放一百个心，说清淤前会做好驳岸围挡，不会出毛病的。

我还是不能放心，当天没能在沿河人家的承诺书上签字。

过了一天，工程组的同志上门来家访，给我看清淤布线图，讲解清淤的方法，打消我的顾虑，最后就签字同意了。

我笑问："给这条河清一次淤，阿要花多少钱？"

工程组同志说："至少要花200多万吧。"

我吓了一跳，当年花200多万，那是多大一笔钱啊，真是把钱扔在水里呀。

工程组再次召集居民开会，明确表示把钱扔在水里，值得，因为再现人家尽枕河的平江风貌，河道水质是至关重要的因素，清淤是不能不做的工程。工程组感谢沿河居民配合，同心协力让河道变清。

紧靠大儒巷的那段石驳岸，本来要拆除重建，工程组实地察看后觉得可以做保护性修复，不需要推倒重来。他们用护钢板加固驳岸护栏，清理河道淤泥时不影响驳岸基础，仅这一项就为国家节省了近200万投资，效果与推倒重建是一样的。

驳岸围挡做在前面，做实了，疏浚工程展开时，再没有发生驳岸垮塌的事故。河底见天后，居民们都站在驳岸上观望，只见汪着污水的淤泥里有居民扔进河里的废铁桶、煤球炉、三条腿的铁木椅子。这些扔在河里的杂物不仅降低了水流的流速，更使河道变得脏乱差。看在眼里，红在脸上，羞在心里，沿河居民纷纷表示，经过疏浚的河道要加倍呵护，再不能随意乱扔杂物了。

原住民对河道清淤举双手赞成，却也不无担心，因为像这样下功夫清淤也不止一次，没过一两年，河水又脏了，因为沿河人家向河道里乱扔垃圾的陋习不改变，那这笔清淤费真要扔水里了，谁看着不心疼呢。

管理者说不，以后要实施"河长制"，分片分段包干管理，劝阻居民向河道里扔固体垃圾，污水则入地下管网，修整后的石驳岸、栏杆、石阶等也都有专人维护。"城市责任"其实不仅仅是管理者的责任，更是每一个原住民，甚至也包括每一个租住户的责任。

吴地的风景画家很多，三三两两的美院学生就喜欢坐在河岸边的石椅上，摊个画板在膝盖头画素描，最喜欢画的大约就是平江水巷。要画出水巷的意蕴也不难，就要掌握这几个老祖宗总结下来的三要素：小桥，流水，人家。枕河人家、临水木窗、岸上花树、树下的粉墙黛瓦，静心画去，就可以把水巷特色一网打尽了。

清淤疏浚过后的平江河，微风吹过，泛起圈圈清澈的涟漪。

一只豆绿色的蜻蜓从河边的柳枝上飞过来，栖息在河岸边垂下的一丝青藤上。

河道疏浚整治工程，赢得了沿河居民的称赞：

一是"活"，流水不腐，活水常清；

二是"洁"，河面漂浮物勤清理，水中可以看到久违的小鱼小虾的游姿了；

三是"秀"，临水建筑经过修缮，不仅消除了险情，更加增添了"枕河人家"的绰约秀姿。

站在河岸上朝南北眺望，水巷深深，两岸屋舍壁立，灰墙黑瓦，马头墙翘向天际，高耸挺秀；临水的窗户或开或闭，或半开半闭，窗下是伸向水中的河埠。有的河埠造型十分简洁，仅在临水处用粗石条筑成踏步以供上下之便，朴实而耐用；有的河埠就比较考究，它们凸出于石驳岸之外，用花岗石精细地凿成平台，再从平台上向下一面或两面铺出踏步直达水面；还有的简直可以称之为机灵了，河埠与它所处的地形唇齿相依，揖让有度，或缩进，或凸出，或拐个弯儿，都巧妙地利用地形，而使河埠与桥浑然一体，比如平江河上的胜利桥、众安桥、朱马交桥下的河埠，都灵巧得显出一种俏皮少女的活泼来。

河水干净了，船橹摇过的观光小木船就有人坐。摇船的老伯或阿婆一边摇船在水巷里缓缓行走，一边开心地唱开了《苏州好风光》：

上有呀天堂，下有呀苏杭，

城里有园林，城外有水乡，

哎呀，苏州好风光，

好呀好风光。

春季里杏花开，雨中采茶忙；

夏日里荷花塘，琵琶叮咚响，

摇起小船，轻弹柔唱，

桥洞里面看月亮……

河道变得整洁了，最受益的还是枕河人家。

钱老伯家的后门口就在河边，河边有石级伸向水里。河

平江河上的手摇船旅游项目

道经过清淤疏浚后，水质变清了，他特别高兴，逢人就说，小时候，我们吃的就是河水，淘米洗菜、烧茶煮饭、洗衣清扫，都是用的河水。那时，家家都备有水缸，经过明矾沉淀，河水就可以饮用了。平江路上的不少老虎灶，那时也是用小船到相门河里去载水，烧开卖水。那时的老虎灶旁边都有茶桌，大清早可以在这里饮茶闲聊。听给河道清淤的老师傅说，四五十年前，街区内的河道自净系统尚未被破坏，河中到处可以看见串条鱼，河岸石头下也可以摸到鱼虾螺蛳，水的自流作用是非常明显的。后来，河水逐渐被污染了。有一年，蓝藻漂满半条河，臭不可闻，走过的人都要捂上鼻子。我们住在河边的人家最最触霉头，天天闻臭味。有啥办法呢？你总不能把河填掉吧，又没地方搬迁。现在，河水变得清爽了，至少没有臭味了，我已经心满意足了。我的小孙子告诉我，意大利有个威尼斯，也是水城，人家可以在河道里划船，那种船叫"贡多拉"。我对小孙子说，我们以后也可以在门后的河里划船，但肯定不叫"贡多拉"。

负责河道清洁工作的李师傅把这条河简直当成了"私产"，最看不得岸上人往河里随便扔杂物，哪怕是一个烟头，只要被他看见，他都会走过去指责一番。那次，有几个游客吃西瓜子，把瓜子壳就往河里吐。李师傅看见后立马把船撑过来，仰起头对岸上人说，河道不是垃圾桶，就是垃圾桶还有个垃圾分类处理呢。游客看见李师傅就是个河道清洁工，不把他放在眼里，瓜子壳照吐不误。李师傅也不含糊，他有"先进武器"——儿子帮他买的手机，掏出来把那几个游客的不文明相全都拍下来。那几个游客这下服软了，表示悔改，请李师傅删掉照片。李师傅板起面孔说，你们都听着，以后去旅游点游览，垃圾不可以随便扔的，更不要说往河道里吐瓜子壳了。照片我可以删，但再给我看见，那就要罚款了。

那几个游客点头称是，满脸羞惭地离开了。

李师傅继续摇着小木船巡视着河道的洁净。

常言道，"井水不犯河水"。其实，地下水与地表水是互通的，相互作用。井是小巷的眼睛，幽深而明澈，也是家住柳枝巷的钱阿姨的至爱。井水冬暖夏凉，还有一丝矿物质的味儿。在她小辰光，一条弄堂里有多口井，私井躲在人家的庭院里，公井就在弄堂口。青石井栏圈上勒出一道道井绳的痕迹，条石铺成的井台一侧长满了滑腻腻的青苔，别担心会滑上一跤，因为石面凿有凹凸的条纹。

钱阿姨关注的是门口的这口井。井与河虽然有几十步距离，但是地下水是相通的，河水脏了，井水也不会干净到哪儿去。她最怀念小巷里的夏天，邻居们拎一桶清澈的井水把门前的条石路泼凉了，驱散暑热后，就可以搬出藤椅、竹榻来乘风凉（苏州方言，纳凉）。左邻右舍会把西瓜装在网兜里，系上一根井绳，慢慢地把西瓜放入井里，沉入水中。到掌灯时，把井里的西瓜拉上来，剖开瓜，露出鲜红的瓜瓤，咬一口又凉又甜。那种冰凉爽口的滋味绝不是冷藏在冰箱里可比拟的。

　　小巷人吃的西瓜都是送上门来的。一条装满西瓜的小船从河上摇摇晃晃地摇过来了，瓜农扯开嗓门喊："买西瓜嗳！平湖西瓜、普陀佛瓜……"听见叫卖声，左邻右舍都会拎个大网袋或大竹篮出来。瓜船泊在石级河埠上，抽一条跳板搁到岸上。不知道是帮邻居挑瓜的人眼神厉害，还是那时的瓜农根本没有弄虚作假的意识，反正钱阿姨吃过的西瓜没有一只是生的、僵的。有一次，她抱回一只滚圆的西瓜，一称有10斤重，用了一个大网袋才罩住它，挑了一口井眼大的井才冰凉它。黄昏时，将大西瓜从井里捞上来，忽然发现瓜脐处被啃走了一口，瓜瓤都露出来了。沉在井水里，不可能是老鼠啃的，有可能是井里的串条鱼用嘴啄的，果然细看瓜脐处密布了芝麻粒大的咬痕。那只瓜特别甜爽，沙沙的，难怪连井里养的几条鱼也不住咬一口呢。

　　经过整治的傍河老街变成了"历史文化名街"，引来了不少北方客人。他们在老街上走着走着，忽然发现有两口井，原汁原味的老井，觉得很奇怪："平江路上的人家一家连着一家，家家都用自来水，水龙头也不止一只二只，何必还要留下当街这两口井当摆设呢？"这话正好被钱阿姨听见，忍不住操着半生不熟的普通话，当了一回解说员："井是伲苏州的眼睛，从这只眼睛是清澈还是混浊中你可以触摸到看不见的古城地下水质，这两口井的井水清澈了，旁边的平江河水也一定是达标的。打个比方说，这两口留在街边的井更像是河道的温度计和晴雨表呢。"

北方客人信服地点点头，对钱阿姨伸伸大拇指，称赞苏州人敢花钱，把钱扔在水里，做足了水文章。

钱阿姨说那是值得的。她从门口的井里吊上来一桶水，看看水清澈得可以当镜子，不像之前气味难闻的浑浊样，就知道平江河的清淤整治见效果了。热爱家乡的街区，对钱阿姨这样上年纪的人来说，那就是身边的景物变美了、变好了，更适宜居住了。

钮家巷社区内曾有24口古井老井，大多因年久失修长期淤积，几近废弃。社区书记张英缨是个快人快语的苏州女子，对家乡的井泉文化情有独钟。她在一次工作汇报中说："井是故土的象征，是社区居民日常社交的平台。人们把传统的街区习惯称为'市井'。但是相当长一段时间里，市井社会由井台所扭结的单纯人际关系淡薄了，古井老井被人遗忘、被弄脏了，住在井边的原住民看着都感到十分痛心。我们不忍心这些古井老井被埋没。从2015年起，社区启动了古井老井整治项目，把钱扔在水里，唱响治理古井老井三部曲（第一部：古井老井戴上'安全帽'；第二部：深度清淤换新颜；第三部：井泉文化讲内涵），收获了很好效果。"

社区多方呼吁保护井泉文化，发出《招募清涟古井老井志愿者倡议书》，向居民倡议，"爱井护井，保护好社区的古井老井，留住古城的历史风貌，是我们共同的责任"。他们多方筹集资金，买来漂精粉、明矾等来洁净井水，对每

钮家巷社区古井、老井分布平面示意图

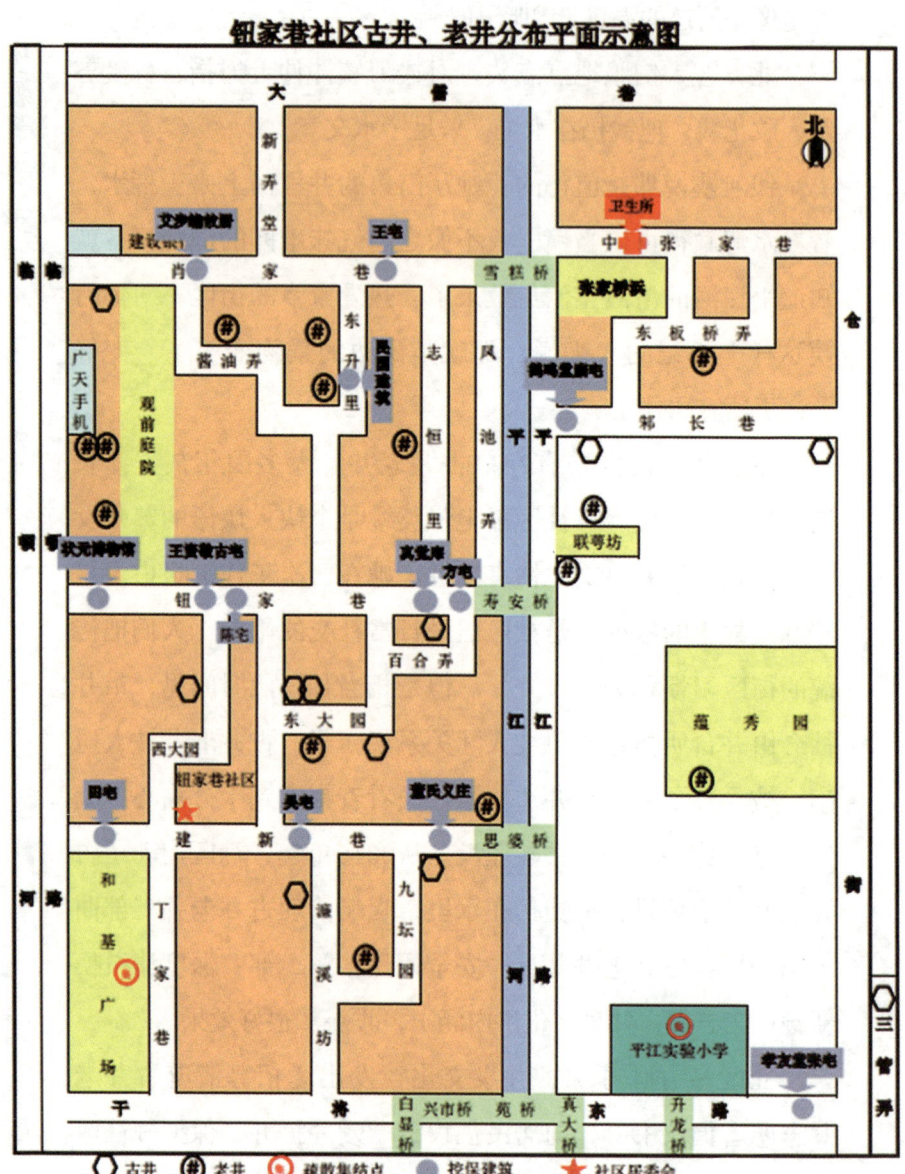

钮家巷社区古井、老井分布图

一口井都进行消毒净化处理。但治标不治本，井水很快又臭了。懂得老井门道的行家说，老井的根本治理方法是先要清淤，把井底淤泥全部挖干净，加以平整，铺设一层黄沙层，缺损的井壁修理完整，破损的井圈则予以修复，交付爱井的居民经常使用，老井就能复活了。社区同志一听内行的解释很有道理，说干就干，随即联系清淤工程队，对公井、私井一一予以查验、登记、清淤，忙活了一个半月。

"古井老井志愿服务队"和清淤施工队共同见证了老井复活记。

有一口古井，清淤时挖出来的淤泥足足装了102个麻袋。清淤过后，井水果然恢复清澈，然后逐个丈量尺寸，给古井戴上"安全帽"（井盖）。为保持古井老井井内空气畅通，确保水质新鲜，特地选择纯天然的材料为24口井安装了井盖。他们还别出心裁地搜集汇总了24口老井的传说故事，编印出来给居民阅读，让大家对这些古井老井更加刮目相看了。

居民们喜滋滋地吊上一桶清凉洁净的井水，可心地喝上一口，十分感动地对前来采访的记者说："伲社区的当家人真是为原住民办了一件实事、好事，我要为他们的责任心点赞！"

苏州有些古井长期埋没在小巷深处，一旦发现，顿时令人眼前一亮。在中张家巷的道路环境提升工程中，施工队员在郏长巷东的板桥弄区域，挖到一口老井："挖到的泥土里混着砖石，再往下看，一口直径50厘米的井就出来了，但井圈不知去向。"挖到这口井时，施工人员不由自主地瞪大了眼睛，因为这口井一看就很有年份。施工现场负责人告诉人们，这可能是一口古井，因为它是用糯米浆、石灰等垒砌而成的。挖到古井的消息，很快引来原住民围观。这口井曾经的主人老孙主动联系记者，讲述老井的往事，还想请相关部门实地考察为井标一个"身份"。

与井相关的还有一块有点儿年份的界碑，上面用繁体字写着"洁园"二字。老孙正是过去这座洁园的主人的儿子。施工队挖出的老井，曾经就属于洁园。"从我记事那会儿起，这口井就已经在洁园了，家里人会拿它洗衣、浇花、冰镇西瓜。但井是啥辰光开挖，究竟是清末还是民国，我并不知道，可能最初在建造洁园的时候就有了，也可能是后来挖的。"

听说老孙家挖到一口老井，左邻右舍都跑过来看新鲜，其中有一位一直致力于推广古城文化并为社区编写过《平江古街随谈》《水乡河道寻踪》《古城小桥觅影》等宣传手册的老邻居，想起他小时候经常到洁园玩，印象中就有这口井，是岁月的烟尘把它掩埋了。他从这口井的历史沿革和垒砌材质推测，应该是民国初期建造洁园时开挖的。

老孙笑道，自家这口古井是否有文物价值并不要紧，要紧的是你我都有爱护老井的心思，看见老井重见天日，我打心眼儿里高兴。爱护街区的一屋一井，这是街区老百姓的责任。

190

十二　市集与缤纷业态

近代杰出小说家沈从文在《湘西纪事》中留下一个乡土气息浓得化不开的"市集"。

忽然听说经过改造的双塔菜场不叫"菜场"而叫"市集"，一下子就联想到湘西的市集，那年那人那乡场那充满的市井烟火气，是最贴近百姓生活的商业业态。

双塔市集一开张，不仅街区原住民纷纷来"赶集"，就连其他街区的人也被吸引过来了。众人挤挤看看，却被市集的商业业态搞糊涂了，因为它有点儿"四不像"：不像传统菜场，不像大型超市，不像街边大排档，不像苏帮食铺。

《易·系辞》："日中为市，致天下之民，聚天下之货，交易而退，各得其所。"中唐时的平江市集有规定，午时击鼓百下，商人始能入市。日落前三刻再击鼓百下而散市。到了宋代，撤除宵禁，放开了规矩，市集开始兴旺起来，先后出现夜市和早市。夜市一般至晚三更而止，早市一般始于五更。市集捉堆，散落在街巷、桥垛边的各个角落。非季节性的市集，大多销售的是生活必需品，如菜市、鱼市、米市、茶市、花市等。

宫廷画师张择端笔下长卷《清明上河图》，记录的便是当时汴梁的市集文化。桥畔、街头、巷尾、河埠，处处都响起叫卖声。

双塔市集的前身是双塔菜场，建于20世纪90年代中期，不少摊贩在这里经营20多年了。与大多数传统菜场一样，它受到电商、生鲜超市的冲击，生意越来越萎缩，摊位数从40多家缩减到20多家。电视记者曾经拿着话筒到改造中的菜场来采访，摊主们见到摄像机纷纷躲避，只有一个卖肉的中年摊主守着冷冷清清的肉摊，当着记者的面大吐苦水："原来每个档口一个早市可以卖一头半猪，现在一头都卖不完。"

记者刨根究底："这是为什么呢？"

摊主一脸苦笑："一是环境龌龊，二是年轻人都不进菜场，来买菜的老年人也少了很多。"

过去一说"菜场"，总会想到脏乱差，污水横流，菜叶扎脚，这儿一条烂鱼，那儿几只死蟹。顾客拎只竹篮去菜场买菜，都得小心翼翼地绕过一个个小水滩，在菜摊前挤来挤去东张西望。一不留神，菜篮上就会溅上一些泥点子。那些散落在菜场各个角落里搭建马虎的菜摊上，大白菜、小青菜、茭白、韭菜、番茄等杂乱地挤成一大堆，菜根上的泥还没有剔干净。

改变传统菜场模式，要做的是大文章。作为一种流动而密集的商业形态，双塔市集的创意设计是聪明的。年轻人思想活跃、观念新颖、设计时尚，他们想到的不仅仅是传统的菜场业态，而是城市商业业态和城市休闲文化业态的有机组合。

设计师沈雷在工作手记中引用"厨神"戈登拉姆齐的话说："市场如同城市的心脏，人们如血液回流到这里。"

双塔市集

既然是"心脏",打造它就丝毫不可马虎。市集作为一个可以社交的场所,除了买菜,任何年龄段的人都可过来闲逛,"愉快地回流"就是最佳的商业业态。设计者和施工者把原来菜场的所有立柱全都拿掉,入口增加到七处,沿街的铺面略微后撤,留给游客驻足停留的空间。市集内增加小吃摊、咖啡馆,市集外新建一个小书店,摆放与苏州历史风物相关的书。河岸与市集间的开放空地也被利用起来,节假日举办各种活动,包括当地乐队演出、昆曲表演、评弹演唱、国粹服饰展示等。市集内部的基础设施相应提升,接入新风系统和排风系统,生鲜区和餐饮区排水分流,还专门定制了一台利用微生物技术清污的厨余垃圾处理器。

街区居民对双塔菜场并不陌生,但看到改造过的双塔市集还是有些小吃惊的,因为它处于"似与不似"之间,已经颠覆了民众对传统菜场的认知。它的整体设计以"双塔"LOGO为艺术造型,以苏州花码为灵感,将其用毛笔书写后一一拆解,再进行组合构建,以达到整齐划一的视觉效果,加之红章的样式篆刻其间,独特悠久的中国元素就淋漓尽致地凸显出来。建筑美学中化为青砖灰瓦、飞檐翘角设计的"小食"二字,所承载的早已不单单是百姓的幸福回忆,更是文化的深层积淀。设计者认为,市集可以是一个快乐的社交场所,不管什么年龄的人都可以来逛逛,也可以保留生活化的菜场功能,还要融入更多的时代元素,以吸引年轻人来消费。最终的设计效果要的就是这"四不像"的业态,图的就是时尚元素、环境整洁、消费便利、购销两旺。

这种组合式的改造具有超前意识，突破了原有业态的模式，使买卖更成为一种生活享受。难怪有网友从市集归来后，就在微信圈里说："逛市集，开眼界，没有做不到，只有想不到。"

市集充分展现出适宜的现代购物环境，区域划分明确，禽蛋区、水产区、蔬菜区、南北货区，都有很明确的分类。水产区盆缸摆放整齐，置有输氧器，鱼虾在缸里活泛地游动。蔬菜品种丰富多彩，大路货的蔬菜每天下半夜就从南郊批发市场运过来，荠菜、马兰头、金花菜等时鲜菜则按时节抢先上市。苏州特产"水八仙"中莼菜、水芹、茭白、塘藕、慈姑、水红菱、鸡头米、荸荠则按时节轮流上市。

现有2300平方米营业面积，其中生鲜区占到1300平方米。经营摊位78家，其中小吃摊位占到15家。

薄雾刚刚散尽，暗色中的双塔已经醒来。市集开始有烟火气了。大饼店生炉子、热油锅、揉面团，叮叮当当地忙碌着。隔壁藏书羊肉店的木桶锅冒着丝丝热气，飘散着一股新鲜的羊膻气。引进山塘特色汤团的阿嫂已经捏好一只只汤团，有豆沙的、玫瑰的、芝麻的、鲜肉的，就等着下锅了。来吃"头汤面"的老吃客捧着一只小巧的紫砂壶，在等着吃熏鱼焖肉双浇面。旁边做生煎馒头的师傅，一把亮铲在平底煎锅的边沿上当当当地敲着。

双塔市集上的早点特别馋人，一般由这四个系列品种同

双塔市集

时展开苏州早餐的风采：

苏式面点系列，主要品种有各式汤面、拌面、炒面等；

苏式点心系列，主要品种有大小馄饨、汤团、赤豆糊、酒酿小圆子、咸甜豆浆、炒年糕、桂花赤豆糖粥等；

苏式糕点系列，主要品种有猪油糕、松糕、拉糕、赤豆糕、糍饭糕、大方糕、发糕、海棠糕等；

苏式饼馒系列，主要品种有大饼、羌饼、芝麻饼、面衣饼、油条、生煎馒头、紧酵馒头、小笼汤包等。

这四个系列的早点品种轮流上架，绝大部分都能在市集上品尝到。

当各类早点大显身手时，菜场里的菜摊也已经忙停当了，时鲜的茭白、塘藕、慈姑、鸡毛菜、二刀韭都整洁地摆放着，好像是特色蔬菜展销会。

双塔菜场变成了"四不像"市集，是老百姓喜闻乐见，也是感到特别新奇的地方。在刚开市的那一段时间里，它作为传统菜场改造案例在东方卫视《梦想改造家》播出后，每天都有不少人坐地铁赶过来，就是为着看一眼"市集"是个啥模样。过去菜场的日人流量最多也就是4000人，现在周末或节假日可达1.5万人，黄金周最多一天达2.3万人。

这种新颖的商业业态，堪称是一种创造。很长一段时间，在城市化加速的过程中，菜市场往往被忽略，但它恰恰是具有市井烟火气的城市魅力之一。双塔市集尝试开启的"夜生活模式"，吸引了更多市民的参与。在集市的小舞台上，一场《猪八戒背媳妇》的皮影戏表演，拉开了夜市的大幕。引人发笑的画面、极具幽默感的音乐，逗乐了不少正在品尝美食的市民。60多岁的姚姓老人拉着边看皮影戏边手舞足蹈的小孙子，对同来看戏的邻居说："我已经有很多年没有看到过皮影戏了，没想到今晚在家门口带着小孙子过了一把瘾！"随后的舞台上，又有年轻女歌手的《东西》、魔术小哥的《掌心飞鸽子》，让市集的气氛着实火了一把。

小周在市集所在的巷子里开了一家卖苏式绿豆汤的小店，入夏后生意还是不怎么好，客流量比往年减少了一半多。开放夜市集后，他的小店里每天都有不少人来喝绿豆汤，连电视台记者都来采访过，成为网红绿豆汤。他的营业额多了，进账多了，脸上的笑容也多了："市集从早晨到夜晚都向市民开放，我是举双手赞成的。疫情过后，我想这样的态势会越来越好。"还有一家原来在菜场里卖泡泡小馄饨，日销量最多时也就七八十碗，落户市集后，最多一天外卖加堂吃卖出了500碗，老板乐得逢人就说市集好。那个曾经接受过电视台采访的肉摊主又回到市集卖肉，对眼下的生意相当满意，他乐滋滋说最多一天可以卖掉两头猪。

在街区保护改造工程中，已有2.3万平方米房屋得到修缮，绝大部分是以租赁形式投入使用，先后有96家客商落户街区。街区管理者由双塔市集而联想到整个街区的商业业态，是否可以进一步拓宽思路，做活休闲文化、旅游文化、美食文化，"欲穷千里目，更上一层楼"呢？

　　这离不开对原创文化产业、有本土烟火气的产业给予鼎力支持。有一段时间，平江路上有出摊卖油馓子、鸭脖子、鸡爪子、长沙臭豆腐的，尽管也有生意，但总感觉与老街应有的苏式商业业态不相吻合。一条街上的商业业态一旦缺乏本土特色，最终肯定是玩不下去的。

　　早在12年前的烟花三月，街区管理者曾去扬州考察过。那时的扬州古城正在筹建东关街，相当于苏州的平江路或山塘街。他们的设想就是在老街上突出淮扬业态，卖的是扬州三把刀（切菜刀、扦脚刀、剃头刀）、漆器、扇面、化妆品，吃的是扬州烧鹅、火腿干丝、三丁包子、桂花藕粉。还有无锡南长街的街市，傍河有仿古一条街，无论吃食还是用品，都离不开浓浓的无锡味儿。这种商业布局使街区的管理者受到不少启发，归来后对平江路的商业业态也有了清醒的审视和调整：

　　一是重塑本地传统文化产业为主的业态，因为这种业态附加值高、投资成本小，受市场的冲击相对较小，并且具有唯一性和不可复制性。如苏州菜，以烧、煨、焖、炖、蒸著称，形态多样、色彩和谐、口味清淡、浓而不腻。苏州小吃则是四大传统小吃之一，老字号小吃有采芝斋、黄天源、朱鸿兴面馆、绿杨馄饨、稻香村糕点、三万昌茶叶等。

　　二是合理布局的街区业态，也为原住民提供了就业条件。个体经营户可以通过政策扶持，利用部分自住房屋开店设铺，如私房菜馆、特色饭店、经营性民宿等。

三是突出休闲文化特色，如评弹茶馆、咖啡馆。街区流行的晒书节就是一个典型案例。街区人家早年就有晒书的传统，初夏时节，书香门第晒书，百姓人家晒衣，寺庙方丈晒佛经，形成一道独特的风景。现在，以"说书、晒书、藏书、荐书"为主题的街区晒书节已经连续举办多届，为街区商业注入了新鲜的文化基因。

原平江区领导在回答苏州日报记者关于街区商业的询问时，就态度鲜明地说，我们并不是把平江路当成纯粹的赚钱工具，而是注重保护。想到街区里来开店的商家有上百家，只是我们对商业业态，商铺的经营项目、装修风格、内部陈设都是有严格要求的。保持传统特色和街区烟火气，让原住民生活舒适，让外来游客感觉新鲜，是我们追求的业态。

早在2005年，包括街区业态在内的所有保护项目都获得了联合国教科文组织亚太文化遗产保护荣誉奖，评委会评价是："该项目是城市复兴的一个范例，在历史风貌保护、社会结构维护、实施操作模式等方面的突出表现，证明了历史街区是可以走向永续发展的。"亚太文化事务主任理查德·恩格哈德先生给出的评价是："街区之所以能获奖，原因在于其展现出来的成功的合作关系和强有力的规划方案。政府、居民以及技术专家通力合作，保证了项目包括商业项目的成功和可持续性。政府所做的投入，很大程度上改善了古街区的基础设施。很多方面可以为其他城市的历史建筑物提供借鉴。"

2018年，远见设计的《平江路历史街区商业业态提升策划方案》通过评审。该设计方案通过前期对平江路细致的现场调研，总结经验，寻找差距，对比研究国内历史街区的成功案例，针对管理方提供的业态现状，勘测分析业态分布与落点，提出了"苏州历史风俗画卷""苏州市井生活场景""苏州时尚消费景观"的历史街区的新定位。

远见的创新设计妙在围绕"200米原则+矩阵原则+触媒原则"来更新，细致深入地将商业业态提升的过程与重点提炼到位，提出了近期、中期、远期三阶段的递进规划，具备实操性的同时，也充分考虑历史街区的运营与更新难度，同时更细致地给出了对现有业态进行调整分布的建议。

可以看到，经过历年来的人力、财力投入，街区已有3.3万平方米的老房子得以修缮，绝大部分以租赁形式予以再使用，形成了旅游休闲文化业态的聚集。管理者对承租商户不是一租了之，而是不断加强业态的调整、梳理，使其经营项目能对应吴文化的底蕴，如园林、昆曲、评弹为代表的"慢生活"的传承，还要对应市井原有的烟火气，因此在房屋格局、空间肌理、历史文脉上都有整理、传承和筛选。

由于历史原因，平江路上至今仍有一些房屋产权属私产。对这些房屋改建的商铺，一方面要求业主按统一格局进行店铺风格设计，一方面加强后期的管控，目的就是体现街区整治的"原真性、整体性、可读性、可持续性"的保护性开发利用原则。

2021年2月，街区对餐饮经营户进行全面"体检"，该留的留、该增的增、该改的改。位于曹胡徐巷内的两家知名苏帮菜馆，经营户将苏式建筑风格的尖顶挪平，在二楼私建145平方米的"雅座"，这属于与街区风貌不合的违章建筑，执法人员明确要求在两周内拆除，还街区原有的建筑风貌。经过"体检"，400多户商家中查出有"病"的有8家，责令整改的有10家。"体检"之后，效果如何？《看一周》记者去现场做了调查，得出的结论是"都挺好"：

经营烧烤、臭豆腐的商家已不复存在，在背街小巷占道经营的花甲、鸡爪店不见了踪影，各种污染环境的直排油烟管道已经拆除。

住在凤池弄的原住民周阿姨说，以往这些路边摊店总能看到脏乱的垃圾桶，几百根竹扦在桶里东倒西歪，鱿鱼、鸡爪、臭豆腐的汤汁到处乱溅，现在，这些有损老街脸面的业态看不见了，街区看起来更加清爽了。

在曹胡徐巷住了半辈子的原住民徐阿婆也有话要说："过去，我深受隔壁饭店外接油烟管道的苦，他们家的排烟管道正对着我家阳台，但凡有一点儿风，油烟就直接往我家阳台上蹿，都不记得自己多久没开过窗子了。"她一边说，一边带着记者去现场，指着已经拆除油烟管道地方说，"哪怕窗户紧闭，油烟味还是会钻进来，我最烦恼的是家里晾晒在阳台上的衣服，总是沾染着油烟味。现在你看，这些违规饭馆不整改就会停业，谁也不敢把街区环境不当回事了。"徐阿婆家紧闭了多年的阳台窗户终于可以打开，尘封已久的春风吹进来了。

"体检"的目的就是给街区打造一个舒适、洁净的营商环境，从而促进商业和旅游同步发展。对于经营茶楼和其他特色服务的业主来说，感受更加真切。

苏州是一座漂在水上的古城。旧时的茶楼后窗大多临河，茶客一边品茗一边可以欣赏船来船往的美景；也有楼座，古色古香的长窗下，摆开八仙桌，铜壶加盖碗。茶以绿茶、红茶为主，冬天红茶暖胃，春秋绿茶养生。茶楼兼卖早点，有灰汤粽子、生煎馒头、大饼油条、蟹壳黄（苏州特有的一种芝麻油酥小烧饼）。考究一点儿的茶楼还供应苏式蜜饯、瓜子、枇杷梗（油果）等茶点。

旧时茶楼有唱评弹的，也有唱小曲的，阳春白雪与下里巴人共存，为茶楼增加了不少传统文化气息。民国时期，街区内曾有茶馆书场10家，说唱出名的有悬桥巷钟筱侬的《珍珠塔》，濂溪坊俞筱云、俞筱霞的《玉蜻蜓》，颜家巷金声伯的《七侠五义》，干将坊陈瑞麟的《倭袍》，钟子良的《岳传》等。

旧貌换新颜，现在的街区里陆续开出多家评弹茶馆，是历经千年的吴文化借助茶馆作为平台而得以传承的一种地方曲艺形式。以平江路为轴心的街区，先后兴办起17家茶馆（楼），比较知名的茶馆有知弦社评弹茶馆、竹隐山房、

养心斋评弹馆、鑫园评弹茶楼、紫云楼评弹茶座、聆韵社评弹茶馆、琵琶语评弹艺术馆等，或隐于小巷深处，或临河而设，或傍街开馆，品茶同时可以欣赏评弹，过一下苏式"慢生活"。

吴亮莹老师是知名的评弹艺人，端过"铁饭碗"，最终却放弃了，尽管评弹市场不怎么景气，但她对评弹一往情深，她要做活她的评弹艺术。三年前，吴老师在街区开出了第一家"琵琶语评弹茶馆"，还为"琵琶语"注册一个商标。在她看来，琵琶语是一种雅俗共赏的语言，更是一种古今交融的文化符号。琵琶轻弹，吴语柔唱，如夏日清风拂面而来，又如淙淙小溪流过青葱的田野。

琵琶语评弹茶馆坐落在小巷深处一处老房子里，建于20世纪20年代，始称"弘府花园"，是典型的民国风格建筑，布置得朴素而雅致。门前的楹联是已故苏州著名书法家吴进贤先生94岁时题写的，上联为"嬉笑怒骂，是非出于众口"，下联为"忠奸贤良，公道自在人心"。舞台背景是桃花妁妁、喜鹊登枝，象征吉庆的图案。湖蓝色的布幔，装饰了朴素的舞台，左边一把三弦，右边一柄琵琶。

吴老师不仅自己登台演唱，挑选演员也绝不马虎，强调一要演技精妙，吐字精准；二要敬业，对评弹有一种敬畏感。她怀抱琵琶，轻弹浅唱，那一曲《秦淮景》的柔声雅语，即使外地游客不能完全听懂"苏腔"，但也为其如珠玉落盘的琵琶音调和清亮柔美的嗓音所陶醉：

秦淮缓缓流，盘古到如今。

江南锦绣，金陵风雅情。

瞻园里，堂阔宇深呀，

白鹭洲，水涟涟，世外桃源……

有一位顾姓上海听众听吴老师唱《秦淮景》听得入迷了，过了些日子，特地约了几位老友来到苏州，在琵琶语的茶馆里泡上一杯清茶，重温一曲《秦淮景》。这位"回头客"意犹未尽地说，我小时候生活在南京，堂阔宇深的瞻园、水涟涟的白鹭洲是我喜欢去的地方，听《秦淮景》让我想起了我的童年、我的金陵梦。我太感谢吴老师出色的演唱了。

还有一家特色茶馆名曰"品芳"，不仅复原老苏州的精致生活，而且从听评弹到品茶到饮酒到吃苏点，一应俱全。这家茶馆始创于清光绪年间，曾设在玄妙观西脚门雷尊殿附近，是当时旧货业、经纪业的行业"茶会"，也是文人雅士的聚集之所。据方志载，当时著名的散文大家周作人两次来苏州，都到品芳来品茶听书、吃生煎馒头。2008年，品芳移居平江路重新做起了130年前的茶酒、小吃、点心等苏州老味道。

品芳门面不大，一楼为散座，二楼为包间雅座，桌椅是典型明清款式。这里推出的最有特色的点心是"六彩小

品芳茶馆

笼"，它的灵感来自光福镇上的彩色汤团，采用纯天然的食材，给白面粉染色，如绿色取材于菠菜、红色取材于玫瑰花瓣、棕色是巧克力酱、橙色是营养丰富的胡萝卜汁、黄色是南瓜、紫色是紫甘蓝，将新鲜食材洗净后打成泥料，和在面粉中，捏成中间厚两边薄的小笼包子皮，包入五花肉酱和皮冻，上笼屉蒸后出笼，那包子只只褶皱匀称、颜色鲜艳、皮薄汁满，既好吃又好看。

坐在品芳的临河窗口，饮酒、品茶，喝特制的"水八仙"（用江南特有的茭白、莲藕、水芹、慈姑、荸荠、莼菜、鸡头米、菱角为原材料，经榨制后加薄荷汁的江南凉茶），如清代文人袁枚所形容，"味之精微，口不能言也"。这种特制凉茶是品芳创新的夏季即饮凉茶。

在品芳喝酒，喝的是品芳和苏州老字号酿酒总厂共同研制的石鼓墩五年、十年陈黄酒，用特制的紫砂温酒壶，冬天用热水温酒喝，夏天用冰沙凉酒喝，自斟自饮，配上品芳精心烹制的小菜，看看窗外枕河人家的风景，大约会与明代中期的江南才子唐寅游市集后产生的诗兴略有同感呢："五更市卖何曾绝，四远方言总不同。若使画师描作画，画师应道画难工。"

在品芳的南边则有一家临河茶馆，靠西的驳岸上有几株香樟树，树荫下、小河边，摆了十几张茶桌。到了晚上，灯串亮起，茶馆的帷帐门帘轻轻掀开，评弹艺人一个怀抱琵琶，一个手握三弦，对茶客们欠身施礼，款款入座，微微一笑，然后抑扬顿挫地弹唱苏州评弹经典段子。

月上樟树梢，银子般的月色静静地洒在波光粼粼的小河上。

这时，泡一杯碧螺春茶，坐在河边的藤椅里，聆听软糯的苏州评弹，无疑是一种妙不可言的享受。生活在喧嚣都市里的匆匆过客，忽然就停下脚步，让心情平和下来，感受着过去的时光所带来的慢节奏的生活情趣。这是属于苏州的味道，并不浓烈，却沁入心肺。

演员应听众要求，用"蒋调"弹唱经典唱段《宝玉夜探》：

隆冬，寒露结成冰，月色弥蒙欲断灵。
一阵阵朔风透入骨，乌洞洞的大观园里冷清清。
贾宝玉一路花街走，脚步轻移缓缓行。
他是一盏灯，一个人，黑影幢幢更愁闷。
孤单单独自到潇湘馆，去看那林妹妹的病体可减轻……

茶客中有人摇头晃脑跟着哼哼，还有人竟然长吁短叹，好像真的听见宝黛二人悲悲切切的交谈声，真的看见潇湘馆前那几株斑竹的孤影摇曳，时光真的倒流了500年。茶味淡了，琵琶收了，茶客游兴未减还不肯散去。

这家茶座的老板是苏州人，对苏州评弹自然是偏爱的。他要做生意，更高兴有很多茶客能喜欢这样的地方小曲。对于经营评弹茶馆来说，这种文化休闲的商业业态，首先在于经营者喜欢，其次才是赚钱。一家茶馆去掉租金、工资、税金、水电等成本外，像半露天茶馆，一年也就做春秋及夏晚100多天的生意，每天客流量要达到80人左右方可保本，算下来并不赚多少钱。但是所有经营这类文化休闲生意的人都说，他们更多的想法是要把苏州评弹、昆曲等文化形态在街区留下来。

"留下"也是一种义不容辞的城市责任。

留下的还有"国粹"——旗袍。江南是丝绸之乡，丝质旗袍是女人最钟爱的服饰，也是女人心底柔软的情愫、流动的韵律、古典的画意和柔美的诗情。喜欢旗袍的女子，宛若一朵古典的花绽放在烟雨江南的雨巷里，幽香飘溢在时光深处。

旗袍半立的衣领，纤细白皙的脖颈儿若隐若现；若水的腰姿，在苗条中起伏一份丰韵，勾勒出凹凸有致的玲珑曲线；高高叉开的下摆，诉说着欲语还羞的风情。青褪残红花杏小，燕子飞时，绿水人家绕。女人着雨青色的旗袍摇曳而来，步履轻移，一步是一抹丁香色的诗愁。

意大利女作家凯瑟曾在《中国女人的旗袍》（原载意大利《太阳报》）中感叹道：

我见到过最美的女人，就是穿着旗袍的中国女人。我第一次被旗袍女人的美所震撼，是在东京的一家华人酒店里。

荷言旗袍

那儿的女服务生都是漂洋过海来的中国留学生，她们身着各色旗袍，或款款走来，或倚栏而立，一举手，一投足，都风情万种，婀娜可人。她们的旗袍柔美、丝滑，还镶着手工刺绣的粉红牡丹或干净的碎花，另有各种盘扣镶在身间；加之她们的才情和优雅的神态，散发出一种清丽脱俗、知性温柔的高贵婉约之美，让人觉得中国的旗袍女人真可谓风华绝代、倾国倾城、美到极致。

中国深厚的文化脉络，总需要一些极致的东西凸显。水墨画是一种，青花瓷是一种，旗袍也是一种。当有人希望在老街上开一家旗袍会馆时，管理者欣喜不已，就像伯乐遇见了千里马一样，立刻感觉这是提升街区服饰文化品位的美事。

"最幸福的旗袍"，是顾客对缘杨裁缝铺的赞誉。这个叫杨蓓的川妹子从师范学校毕业后，先是应聘一所高校平面设计的教师职位，后来她无意中走进街区，竟然迷上了原汁原味的水乡生活和古色古香的老房子。人生在世，总要有值得自己喜爱的东西，她找到了，很快爱上了街区古朴的老房子和烟火气浓浓的生活场景。这个追求高雅服饰的宜宾女孩儿，15年前就开始拜师学艺，学习旗袍的选料、设计、裁剪、盘扣、缝纫、熨烫，同时钻研服饰类专业书籍，如《纺织品设计》《汉族传统服饰图案》《中国少数民族服饰》《上海名媛旗袍》等，都是她经常翻阅的案头书。有时，她穿上自己制作的新款旗袍，与爱人一起漫步在街区的长街短巷里，引来众多羡慕的目光。有人看她婀娜的身段、一身飘逸的旗袍，忍不住跟上来问，你这身旗袍在哪儿买的？她笑笑，不无自豪地说，小女子我自己做的。问者惊讶不已。杨蓓却从别人惊讶的目光中看到了商机，老街有深厚文化底蕴，有持续发展的生命力。旗袍是服饰中的国粹，二者若能结合起来，应该是一种可以持续生存下去的商业业态。

说是风就是雨，川妹子的性格就是爽脆，她把家搬到了这里，随后辞去教师职位，立马租下一间老房子，开出了"缘杨裁缝铺"，貌似土气的店名，却含有此街此铺与杨蓓有缘的意思。不同于旧时的裁缝铺里挂满了衣料，缘杨裁缝铺里摆放着各种款式的旗袍。这些旗袍基本不零售，仅用于展示，顾客可以试穿，对做工、款式满意后由老师傅再给顾客量身定制。杨蓓说，"缘杨旗袍"有传统、古法、改良三个系列，做一身旗袍要测量26个尺寸。因为是纯手工制作，一般定制之后要经过量体、打样、白坯、试样、定型、制作等多道工序，一个月后才能拿到旗袍。顾客若有特殊定制需求，杨蓓也会根据需求给顾客重新设计，打样再制作。在她设计的众多旗袍系列里，有一种古法系列旗袍，从款式、面料到裁剪、缝制方法，全方位复原民国旗袍的样子。身材苗条的女孩儿穿上这样的旗袍，立刻会使人想起戴望舒《雨巷》里那个有着"丁香一样的颜色，丁香一样的芬芳，丁香一样的忧愁，在雨中哀怨，哀怨又彷徨"的诗意女孩儿。

有一位苏大女生是江南女孩儿，8年前逛平江路时就看中了缘杨裁缝铺里挂着的一款旗袍，试穿过后更是爱不释手，恋恋不舍，奈何旗袍的价格做学生时承担不起，可她心里一直不能放下这个"旗袍情结"。8年后，女生参加工作赚了钱，结婚前特意再到"缘杨"来，定制了这款用绫罗料制作的古法旗袍。穿上这款旗袍，她走上婚姻的红地毯，满怀喜悦地说："我终于圆了少女时代的一个梦。"

　　对于服饰梦一般的偏爱，使杨蓓的旗袍设计充满灵性，而且设计思路开阔。2010年，杨蓓的儿子杨杨出生了，初为

缘杨裁缝铺

人母的她内心充满喜悦。过了三年，女儿园园又降临在这个甜蜜的小家里，她更是喜悦无比，也格外忙碌。她不仅专注旗袍的创新设计，而且从儿子和女儿平时穿的小中装和小旗袍，想到了如今统一的校服，自己小时候也穿过这样的校服，好像给人的印象并不怎么美好，能否有更新颖的设计思路？她开动脑子，开始设计试制"国民校服"，先在儿子、女儿身上实验，开发了正装和运动装两个系列的校服。让儿女作为校服的第一个客户和代言人公开"亮相"。当兄妹俩穿上妈妈亲手设计的"国民校服"去上学，顿时引来其他学生钦羡的目光，老师和围观的家长更是赞不绝口。当幼儿园进行演出活动时，家长都要求统一采用杨蓓设计的"国民校服"作为演出服饰。

在苏州的几所外国语学校也开始采用"国民校服"，让部分学生换装。

杨蓓设计制作的"国民校服"系列分为三个年龄阶段，分别是幼儿版、小学版、中学版，另外还有各个年龄段的运动版，设计理念则是参考汉服、褙子等传统华夏服饰，再结合现代审美及实用性而产生。"国民校服"幼儿版面料采用竹节麻，使用纯天然染料。"国民校服"小学版面料则采用毛料和锦缎，这样看上去显得笔挺有型，真丝质感丝质柔滑，穿起来非常舒适。"国民校服"中学版面料为毛料和宋锦，宋锦选用真丝与人造丝进行机器交织，这样面料成本会比较低。"国民校服"运动版面料采用新型环保材料铜氨丝和织锦，穿起来非常透气，对肌肤的摩擦刺激少，冬暖夏凉。设计上采用宽松的款式，有利于孩子们运动，也便于穿脱。这样的"国民校服"制作成本并不高，几乎与普通校服差不多。为了让"国民校服"更适合孩子们穿着，杨蓓说，"国民校服"最初的设计理念来源于她的复古情结，她很想通过服装的设计来传递和推广自己对中国传统服饰和文化的热爱。作为优秀文化的一部分，传统的服饰文化理应被传承和发扬，这也是她设计"国民校服"的初衷。

杨蓓设计制作的"国民校服"在第五届苏州文化创意产业博览会上亮相，孩子们穿着"国民校服"系列以一种情景剧的方式在博览会上展演，带给观众一场别具匠心的走秀，着实让观众眼前一亮。

在母亲的服饰文化熏陶下，杨蓓的女儿似乎变成了平江路上的"旗袍小美女"，她穿出来的小旗袍和"国民校服"，给这条古朴的老街增添了新鲜而充满活力的气息。

源杨裁缝铺在网民心目中的印象，可以从网上留言看出来：

网民"O的妈呀"留言——

我是这家裁缝铺的老客人了。

从第一件古法旗袍开始就爱上缘杨的设计和做工。常常来逛，遇见心仪的料子就做一件。店里的小姐姐还有老板、老板娘已像朋友一般，偶尔喝茶聊天。

一分价格一分货。穿了这里的古法旗袍，其他的就不想再上身了。价格是贵的，不过料子、做工和终身维护也是让人满心欢喜的。

你还在穿带拉链的旗袍吗？来这里看看古法旗袍吧，它让女性的身体得到舒适的解放。

网友"鲜得来"留言——

我是带父母去苏州散心的时候去了街区，看到路上有些妹子都是穿的汉服和旗袍，于是就突然对这种服饰产生了兴趣，路过他们店就进去转转。忽然看到了一件男式中山装，因为在家刚刚看了《大江大河》。所以脑补了自己穿上它的样子，非常想做一件。

他们家做这件衣服是终身保修。店员量尺码非常仔细，介绍也很到位。虽然在TB上一件才300左右，工厂定做也不贵，但是我就是看中了他们家的量身定制、手工精致、售后保障。

网友"鱼妹妹"留言——

最近几年可能年纪越来越大了，不仅喜欢评弹，还喜欢各种旗袍。

这是陪长辈过来逛平江街。到时自己先看到了裁缝店，满心欢喜地走进去看了一圈。这家裁缝店里面都是各种手工制成的旗袍。店里还有几个顾客都在看旗袍。因为都是手工制作，材料都比较珍贵，所以价位也挺高的。听老板介绍说，这里所有的衣服售出之后都是可以帮忙修改的，终身保修。

尾声 老街构思

一百个人的未来构思，就有一百条形态各异的平江老街。

留住或开发老街区特色肯定是构思的基本要素。随着时间的推移，老街区所蕴含的文化因子和市井烟火气越来越为当代人所蕴含所追慕。

徜徉街区，回望老宅，人们可以寻找逝去的童年记忆，回味舌尖上的旧时味道，感受与都市躁动、匆忙节奏所不同的舒缓的民俗曲调。

着意打造一个"苏式老街区"，这是许多参与街区保护改造工程的专家和实施者的共识。

毫无疑问，这种可行性是存在的：首先，街区的烟火气还在，老店铺逐步恢复，再度聚拢人气势在必然；其次，街区传统手工业一向比较发达，如苏绣、苏扇、旗袍、年画、

鸟瞰平江路（远大设计拍摄）

红木小件等，明清时就曾兴旺过，有渊源可承；再次，街区定位并不仅仅是简单的传统继承和复制，还要开拓创新的思路，如以苏式菜系、点心为主的美食文化，以苏州评弹、昆曲为主的茶座文化，以参与民间工艺制作为主的民俗文化，以民舍体验和游园休闲为主的旅游文化等。

老街区未来构思立足点就是留住游客。游客之所以钟情一个地方，是因为那个地方有与众不同的特色，可看可听可品尝可参与。对游客而言，吸引他们的不仅是老街的"形"，更重要的是老街的"神"，是小桥流水之外的"烟火气"所蕴含的生活情趣和处世哲学，以及在都市难觅的世俗人情味。

依托老房子，追求人与人之间那种真诚的情感，这是街区旅游的神韵。

月上柳梢头，人约黄昏后。当熙熙攘攘的人群散去后，老街沉寂下来，灯火如豆，琴声隐约，月色如水一样明净，这种宁静的氛围正是都市所缺乏的。

传统的手工作坊式制作，应该成为老街可以开发的亮点。比如"捏相"，明初时就十分兴盛的传统副业，其做法始创于唐时的工匠杨惠之。据说虎丘山脚下有一处泥土最滋润，俗称"滋泥"，捏相用滋泥柔硬适中，成相后不会开裂。清嘉庆、道光年间，街区内有位捏相高手项师傅，隔三岔五要去虎丘取泥，回来后捣成黏性十足的用泥，盖上草毡不使其风干。他可以按照来客面貌随手捏成头像，神形兼备，栩栩如生。项氏捏相兴盛于道光初年，传之后代，衰落于清末民初。

他有个再传弟子叫陆根生跟着学会了捏相，重操旧业，名声响遍半个街区。捏相手艺虽已失传，但能捏相的手艺人并非没有。老街能引进此类民间手艺人，为之搭建一个创业平台来施展技艺，对游客是不无吸引力的。

桃花坞木刻年画也可以引入老街，不是卖年画，而是要让大众参与进来，用时髦的话说就是"互动式体验"。游客参与制作年画，既可以弘扬传统文化，又可以让人体验传统技艺的制作过程。类似的还可以拓展书社、棋苑、画廊、琴房等，以此感受吴文化的魅力。

精致的木器制作、竹器编织、缂丝、剪纸、牙雕、核雕、瓷刻、竹刻、草编、泥塑、制扇等，同样可以成为老街生活节目。手工艺制作门类很多，可以选择引进，融入非物质传承的商业亮点，使老街成为一个非物质文化的体验场。

老街美食可以做做"水八仙"和花卉美食的文章。江南饮食文化历史源远流长，花卉供食用和药用早有记载。2000多年前，屈原在《离骚》中就记下了"朝饮木兰之坠露兮，夕餐秋菊之落英"。《神农本草经》把菊花列为"轻身耐老"的上品。北宋文豪苏轼在山东密州的僻壤之地，常吃杞子和菊花，不仅面容更丰满了，而且白发也逐渐返青了。古人以花酿酒，用花薰茶和蒸露，拿花制作菜肴和点心更是普遍。自宋、明、清各朝代，都有文字记载用花制作的食谱，如梅花粥、芍药花粥、黄菊花饭（也称"金饭"），还有芙蓉花烧豆腐（又名"雪霞羹"）、桂花糕（别称"广寒糕"）以及油炸玉兰花瓣等。苏州传统的"三花"（茉莉花、玳玳花、栀子花），不仅可闻、可饮，还可食，可以成为养生美容的特色佳肴。

小众化、精品化、简约化，那是年轻人追求的时尚生活，老街可以从衣食住行多个层面提供这样的消费。夜宿老街，未必求豪华，老宅改造后的仿古客栈、民宿，或许更能刺激游客探幽的情趣。"井"字形的庭院、木结构的小楼、雕花的栏杆，乃至点一盏油灯，可能都比星级宾馆更吸引人，因为它满足了游客的怀旧心理。设想在一个飘着霏霏春雨的时节，撑一顶枣红色的小伞，彷徨在幽长的老街上，是不是有一点点像戴望舒《雨巷》里所描述的情景？

老街傍河，可与护城河亲水岸线和坐船闲游联系起来，突出水元素，建立旅游休闲的互动机制。码头、缆桩、凉亭、河挑，这些早已远去的东西，可能会给远来的游客一个惊喜，应该是不难做到的。尤其是相门码头，可以连通环城游、运河游，船菜、船点、船唱，这都可以成为特色旅游项目。

老街的导游应该侧重传统文化，把现有的名人故居、老宅故事、街巷背景介绍串联起来，可给游客展开一部具有沧桑感的书。

老街的未来要具有这样的魅力，绝非一朝一夕的事。它是文化的积累、民俗的形成、历史的弘扬，有一个从量变到质变的过程。既然已经有了良好的开端，那么，朝着这个方向努力，重塑诱人的生活休闲和文化旅游环境并非

城市责任

224

是天方夜谭。

请随我从相门码头上船吧，坐上"时光号"游船，穿越到2035年的今天。

依然是曲折的暖色流泻的河岸，依然是桃柳相间的意境，依然是枕河人家吴侬软语。

古桥已然远去，石坊已然远去，街区里那些熟悉的老人也已然远去。那曾经的故事和那故事里的曾经，都躲在某一扇临河的飘窗里或许是老宅的某一条备弄里。

当夕阳西下，循着老街缓缓走去，看看树，看看花，看看碧连天的芳草，看看落霞与孤鹜齐飞的秋水，那是一种妙不可言的美的享受。

都市的雍容华贵与湖边的田园牧歌相映成趣，岸与水相亲相依的意境令人陶醉其间而流连忘返，白天与暗夜交班时留下的夕霞之美，沉静而富有变化，斑斓而不失纯净，是一种难以用言语表达的美。

登上灯串迷人的相门城楼，俯视波光粼粼的护城河，微风吹过，折叠起丝绸般柔软的光影，衬托着同样柔软的城墙野趣。荡漾的水波间，有几只白羽黄嘴的水鸟翩翩起舞。它们栖息在岸边的苇丛里，是我们朝夕相处的邻居。

曾经在北京设计过国家大剧院主体建筑的法国著名建筑师安德鲁先生风趣地说过："对于城市而言，毫无疑问，建筑师当然是画家，但参与画作的不仅是建筑师，还有树林里的鸟、水塘里的鱼，还有我们自己。"

大地无言，建筑还在说话。当暖阳爬过古桥的栏杆，假如有兴趣坐上游览飞艇，从高空俯瞰老宅错落有致的街区，它便是一张生动的立体《平江图》，宛如一张椭圆形的叶片，叶脉是流淌的河流，清波荡漾。偶有小舟轻轻滑过，溅起的水花就像叶面上滚动的露珠。

河道依然呈棋盘形相交前行，中间组合灰瓦白墙的江南民居建筑群。河两岸有多座石桥相连，小巧玲珑，树影婆娑，更添一分妩媚。

外面看上去像是 2500 年前，里面走进去是 2035 年，街区的古典与时尚就是这样呈现。

行到水穷处，坐看云起时。走得乏了，索性就在改造过的老宅茶楼或咖啡屋里坐下来，一边品尝咖啡西点，一边欣赏具有东方音韵的昆曲和苏州评弹，顿然产生一种奇妙的情境互搭感。

入夜，半个月亮钩住了老街民居长满苔藓的屋檐，钩住了泊在相门河边的几盏飘忽的渔火，也钩住了城楼上悬挂的红灯笼。月朦胧，鸟朦胧，满地是碎银般的月光，满地是"今夕是何年"的恍惚，满地是可以怀旧的千年沧桑。月光是诗的，老街是生活的，诗意的生活就在动与静、线与面、古典与现代的纵横交错之间。

街区的未来不是梦。无论是浪漫的猜想，还是奇妙的构思、务实的谋划，它的起点和终点都落在城市责任上。